風眼抄

山田風太郎ベストコレクション

山田風太郎

角川文庫
16550

風眼抄　目次

I

II

III

I

わが家は幻の中

私の生まれた家は、あるといえばあるし、ないといえば、ない。あるとしても、ひとのものであるような気もするし、私のものであるような気もする。何だか、われながらもどかしい。

その意味を明らかにするためには、わが家の歴史を語らなければならない。なに、大した歴史ではありません。

なにしろ、兵庫県養父《やぶ》郡関宮《せきのみや》村という——現在は町になっている——但馬《たじま》の国の、すぐ南を中国山脈がふさぎ、西の方に遠く鳥取県境の一五一〇メートルの氷ノ山《ひょうせん》を望む、山中の村の話である。

この近くに、関西ではスキー場として有名な神鍋《かんなべ》山というところがあり、そこに先代々庄屋《しょうや》と医者をかねた山田家があって、ここから伯母が関宮へ嫁に来た。

おかしい話を聞いたことがある。天保の初期、但馬の国出石《いずし》藩に仙石騒動というお家騒動があって、その奸臣《かんしん》側の子孫がその家だというのである。この素性の実否はともあれ、村では名家であったらしい。

その縁で、その弟で軍医をやっていた私の父が、村の医者として呼ばれて、自分の家が建つまで、姉の家で開業したのみならず、そこへ、やはり但馬の海沿いの村で医者をやっていた家から私の母がお嫁に来て、私もその家で生まれた。この伯母の家は、私の青年期まであったが、その後とり壊されて、今はない。従って、私の生まれた家は、もうないといえる。

さて、父は、その家の近くに、新しい家を建てた。

私は大正十一年に生まれたのだが、この家を建てる前の、例のヨイトマケの光景――村の男女がたくさん集まって綱をひく、まるで祭のような光景をかすかにおぼえているからおそらくそれは大正末年のことであったろう。しかし、ものごころがついたころからこの家に住んでいたので、これが私の生家といっていい。

一階の建坪だけでも、百数十坪はあるのではないか。――全然新しい家というわけではなく、半里ほど離れたところにあった、昔、本陣だった家を移して来たものだ、というようなことを幼時に聞いたような気がする。そのへんがあいまいなのは、父も母も幼少時に亡くなったからだ。それにしても、本陣だったとすれば、鳥取の池田侯などがこの山中の街道を通過したのだろうか。

その父は、昭和二年の師走、村の患家――それが何と私の家の菩提寺《ぼだいじ》であった――に往診にいっていて、脳溢血《のういっけつ》で倒れた。

位牌《いはい》を見ると、十二月二十五日に死亡ということになっているが、私はその寺の庭で、見舞客にマリナゲをして遊んでもらい、その庭に赤い鶏頭の花が咲いていたような記憶があるから、倒れたのはまだ秋の気配が残っていたころかも知れない。死んだ父の唇に筆で水を塗った記憶もある。父はまだ満四十一歳で、私は五歳であった。私は自分の運命に大異変が起ったことをまだ自覚出来なかった。

少年になってから眼にとめたことだが、家の書架に「漱石《そうせき》全集」「鷗外《おうがい》全集」「メーテルリンク全集」などのほかに「沢柳全集」というのがならんでいた。沢柳政太郎はこのころ有名であった教育学者だが、どういうつもりで父がそんな本を買ったものか見当もつかないけれど、いま事典を調べると、この人は昭和二年十二月二十四日に亡くなっている。父は、自分の買った全集の著者が死ぬ翌日に自分も死ぬことになろうとは、夢にも思わなかったろう。それはまた、七月に芥川龍之介《あくたがわりゅうのすけ》が、九月に徳富蘆花《ろか》が死んだ年で、その年のうちに自分も死ぬとは想像もせず、おそらく食卓などでそのことを話題にしたに相違ない。

さて父は、私の五歳のときに死んだ。——人の幼時の記憶は、やや成長してから大人に聞かされた話が多いと思われるが、私にはそれがない。それでも、遠いきれぎれの記憶はある。

家の二階の窓から、桑畑の向うの村道を、往診の人力車でゆく父に手をふっていた記憶、膝《ひざ》に抱かれて本を見せられたのだが、それは英語で書かれたギリシャ神話で――それも後になって思い当ったことだが――メデュウサやポーセイドンなど、色刷りのその挿絵が、面白いというより気味悪かった記憶、新しく来た雑誌を、父と母がとり合いをしているのを見ていた記憶――これはまだ二人にどこか新婚の気分が残っていて、そのイチャツキの一現象と見えた。見えたといっても、その雰囲気からこれものちに判断したことだが、こういうことがあるのだから、五歳以下の幼児だって、大人はおめおめ馬鹿にしてはいけない。それから、これは父とは関係ないことだが、夏の午後、ひる寝からさめて、すぐ外の池の照り返しが、天井にユラユラうつっているのを、長い間じっと眺めていたのも、たしかにこのころの記憶である。

秋には必ず大神楽《だいかぐら》の獅子《しし》舞《ま》い一行がやって来て、撥《ばち》や刀や茶碗《ちゃわん》で曲芸をした。私の家の前庭は比較的広いので、そこではいちばん盛大にやった。私は大得意であった。（この大神楽が伊勢《いせ》の桑名の近くのある村から来た、ということを、つい最近に私はテレビで知った。いまでもやっているらしい）

あるときには、大演習の兵隊たちが村に分宿した。そして私の家に連隊長が泊った。紫のふさだけの連隊旗を飾った床の間の前で、私は、口髭《くちひげ》をはやし、顔に弾丸のあとのある連隊長に抱かれたことをおぼえている。門の両側には、夜っぴいて、二人の歩哨《ほしょう》が銃剣をついて立っていた。

それからまたあるときには大地震があって、私はちょうど母がスキヤキ鍋《なべ》を火にかけるのを見ていたが、そこへ大鳴動が来て、たまたま診察室のほうへゆきかかっていた父がとって返して、私を抱いて外へ出たこともおぼえている。母はどうしたのか記憶はない。村に倒壊家屋はなかったが、みなおびえて、たくさんの人々が私の家に——大黒柱も一尺角くらいなので——泊りに来て、庭にまで蒲団《ふとん》をしいて寝ているのを見たこともあった。それはいつのことであったか調べてみると、大正十四年五月二十三日に、北但《ほくたん》大地震というのがあるが、そのときだとすれば私は満三歳になったばかりで、そんな記憶が残っているだろうか、と自分で疑う。もう一つ、昭和二年三月七日に、こんどは丹後大地震というのが起っている。丹後ならまあそう遠くない地方だから、やや納得出来る。その年の暮に父は亡くなったのだから、そのときなら知らずして最後の父性愛を見せたということになるが、しかしまた考えると、三月七日というと、但馬ではまだ戸外になんか寝ていられないはずだ。そんな際だから、寒いなんていってはいられないといわれればそれまでだが——前者の五月なら、その点は納得出来る。とにかく、どっちのときか今ではよくわからない。

父が亡くなって、村には新しい医者の一家が来た。それで私の家を表と裏に分けて、私たち——母と、私と、父が死んですぐそのあとで生まれた妹の三人——は、裏に住んだ。

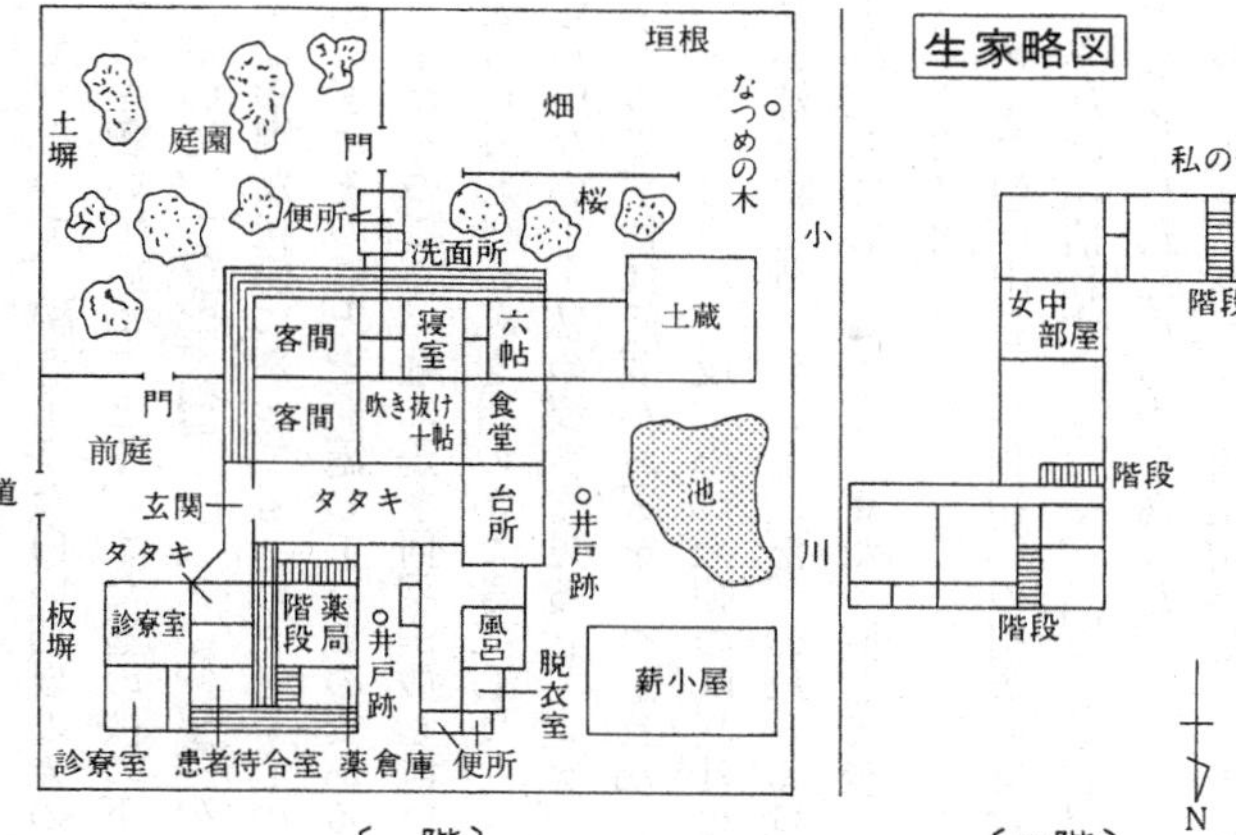

〔一階〕　〔二階〕

情けないことになったものだが、それでも二階をふくめて五部屋もあるし、おまけに土蔵はこちら付きで、別に不自由は感じなかった。それより、何しろその年齢のことだから、事情はよくわからず、依然家じゅうをはねまわっていたにちがいない。

とにかく、それからの数年間は――やがて小学校にゆきはじめて、みるみる記憶の量はふえて来る――私の人生のうちでも、いつも春の日が照っているような気のする、いちばん愉《たの》しく、なつかしい想い出だけにかがやいている。

土蔵前の部屋の天井が高いものだから、そこにブランコを吊《つ》ってもらったことや、池にタライを浮かべて漕《こ》いでいたことや、近くのれんげ畑で小犬といっしょに転がりまわっていたことや、五月の節句に幟《のぼり》を立てもらって、酔うような白い初夏の光の中で、その柱が、ギイ、ギイ、と、ものうく鳴るのを聴いていたことや、また庭の桜の下にむしろを敷いてもらって、そこでひとりで遊んでいて、「ああ幸福だ！」と、心の底から感じたことや――それは、それ以後、一見どんな幸福な状態にあっても、いちども心の底からそんな感じをいだいたことがないから、ふしぎにそのことを記憶しているのである。

またそのころ、庭に鶏を何羽か放し飼いにしていたのだが、その中の一羽のオンドリが、どういうわけか私を目のかたきにして――おそらく、何かひどいいたずらをやったせいにちがいない――私の姿さえ見ると、コケッコッコ！と鳴きながら怖ろしい勢いで駈《か》けて来るので、私は何度かお尻《しり》をつつかれながら家の中へ逃げこんだことをおぼえている。

それからまた、夜、母が翌朝の味噌汁《みそしる》のことでも考えたのか、豆腐屋に出かけたあと、幼い妹と寝て待っていて、あ、お母さんはいまどこを歩いている、あ、どこを歩いてる、と勘定していたことや、また、同じく夜、遠い鎮守の森の村芝居のどよめきに耳をすましていたことや。――

こんな想い出を、昭和初年の田舎の風物詩が彩る。

それは「枯れすすき」や、「雨ふりお月さん」「あの町この町」などの歌が出来て、田舎でもうたわれたころでもあった。

後に知ってみれば、昭和初年だって決して天下泰平ではなく、それどころか例の大恐慌さえあったのだが、どんな時代でも、子供の世界だけには春の風が吹いている。――ふと、このごろ考えたことだが、もし人間が、文字通りどんなことでもやれる、という空想的独裁者になったとしたら、そのやりたいことの一つに、自分が子供のころの世の中を再現させる、ということがありはしないか。だから、いまもしある地方のある町を、タイムトラベル的にすべて昭和初年の風景、服装、行事で復活させたら、五十男はみんな涙をながしながら馳《は》せ集まるのではないか。――ついでにこの着想はさらに飛躍するのだが、それはただ空想ではなく、現実に、ひょっとしたらあの毛沢東は、同じ心理で中国の歩みをとめてしまったのではあるまいか。

代りの医者は、ほんの臨時に来たもののようだ。村への責任上、私の親戚《しんせき》のほうで世話して、来てもらったらしい。やがてその一家は去って、父の弟で、やはり医者をやっていた人が来た。そして母は、この叔父と再婚した。もともと母は父より十幾つも年下で、父が死んだときまだ二十九歳であったから、それは充分可能だったのである。何より母にとっては、私たち兄妹を育てるためであったろう。ふたたび私は、家全部を自分のものと考えていいようになった。

私はようやく二階に個室を与えられ、いまから思うと実に奇抜なことをした。

涼み台をあげてベッドとしたり、壁じゅうに何十冊という「少年倶楽部《くらぶ》」の、そのころよくあった物識りの頁《ページ》などを切りとって、ピンでとめたりした。一つずつが何頁かあるか

ら、風が吹くと壁全面がピラピラとそよぐ。叔父がいちどのぞきこんで、

「いったい何をしとるんじゃ」

と、呆《あき》れた顔をした。

「これでええんじゃ」

と、私はすましていた。

ところが、私が中学一年から二年へ上る春に、こんどはその母が亡くなってしまったのである。

以後、私にとって薄闇の時代が始まる。この年齢で母がいなくなることは、魂の酸欠状態をもたらす。その打撃から脱するのに、私は十年を要した。この十年ばかりの悲愁の記憶は、いつの日か私が死ぬとき、総括して私の人生は決して幸福ではなかった、という感慨をさえ持つのではないか、と思わせるものであった。

叔父はその後、再婚した。そして新しい叔母は、養女をもらい、その人に男の子が出来た。家の名義はいつのまにか私から離れ、私の意志とは無関係に、そちらへバトン・タッチされてゆくことになる。このあたり、大袈裟《おおげさ》にいうと、何だか横溝正史さんの小説の設定みたいである。

その子は可愛らしい小学生となって、いまときどき東京の私の家に遊びに来る。むろん

そんないきさつは何も知らず、その天真爛漫《らんまん》さは愛せずにはいられない。

とにかくそういうわけだから、家は現実に私のものではない。また返還されたとしても、実際問題としていまの私には使いようもない。——しかし、私の心の底で、「あれは私の家だ」という観念が消えない。それは財産に対する執着ではなく、少年時までの記憶——それ以後が薄暗いので、いっそうまぶしい光にけぶっている記憶が、胸に刻まれて薄れない、という意味である。

暗い想い出もさることながら、幸福な想い出もまた、それが遠く消えていったとき、人は、「あれはいったい何だったろう？」という、いっそうの哀切感にとらえられるのではあるまいか。

いつのころからか私は、夜、床について、さしたる理由もないのに眠れないとき、田舎の家のことを思い出していることが多くなった。家の中の壁のしみ、瓦《かわら》のかけ具合、石垣の苔《こけ》の色まで、——子供しか眼にとめず、気がつかない事物を一つ一つ頭によみがえらせる。そこから家の界隈《かいわい》へ記憶はひろがってゆくのだが、半径五十メートル、百メートル、三百メートルと遠ざかるにつれて、印象があいまいになってゆく。子供の行動範囲というものが思い合わされて可笑《おか》しい。その懐旧の子守唄《こもりうた》の中に私は眠ってゆくのである。

いちど、こんな夢を見たことがある。

それは、年齢不詳の私が、汽車に乗ってゆくと、ホームに、五歳のときに死んだ父と、十三歳のときに死んだ母が待っていた。それは、あかあかと夕日のさした、屋根もない田舎駅のホームで、それから三人は、人影もない夕暮の村道を横にならんで歩いていった——という夢であった。

それが、おかしいことに、眠る前に想い出していた私の村ではない。私の村には、駅などない。それは見知らぬ、寂しい、しかし懐しい村であった。夢からさめても、私はしばらくじんとしびれたようになっていた。

その故郷へ、ここ二十年以上も、私は帰ったことがない。いや、いちど帰ったことはあるのだが、その近い記憶のほうはさだかではない。それ以前もただ茫々《ぼうぼう》として、むしろ母が死ぬ以前の光景のほうが鮮やかで、それは銅版画のように胸に鏤《え》りつけられている。帰って来いという小学校時代の友達も少くないのだが、私の腰があがらないのは、実はその昔の家や村の光景を、その後の変化——家はまずそのままだが——を見ることによって変形させられたくないからである。いまでは、そのままずっと同じ町に住んでいる人々より、昭和初年代の村の印象は私のほうが鮮明かも知れない。

屋敷の一劃《いっかく》に、畑があった。畑の隅に、大きな棗《なつめ》の木があった。秋、その実が褐色に熟すると、私は「少年倶楽部」をかかえて、その樹上のしかるべき枝に腰かけ、棗を食いながら「少年倶楽部」を読んだ。実は甘ずっぱく、爽《さわ》やかで、私は果てしもなくそれを口に運んだ。

その懐しさだけで、数年前、私は、東京の家の庭に、同じくらいの大きさの棗の木を植えさせた。秋になってその実を食べたが、それは意外にも、それほど美味《うま》くはなかった。戦後に溢《あふ》れた美味い果物で、私の味覚はぜいたくになり過ぎていたのである。同様の現象が、すべての追憶をこわすことをおそれて、私は故郷に帰らないのである。

それで、わが家の棗は、毎年空しく熟しては、だれにも食べられることなく、空しく地に落ちて、雨に打たれて消えてゆく。

旧友

旧友というと、僕はまず個人的にだれだれというより、小学校時代、中学時代の友人全部を一つの雲のように漠然と思い出す。そして、みんな死んでしまった。——というのが実感である。

太平洋戦争のはじまったのが十九歳である。戦争の終ったのが二十三歳である。どんぴしゃり「死にどき」である。

いつぞや今の若い人に「あの戦争の責任者はあなた方世代の人ではないか」といわれ、びっくり仰天するとともに、「なるほど、そういうことになるのかな」と苦笑して考えこんでしまったことがあった。

この苦笑には、しかし笑いごとではないという痛烈な感情が混じっている。そして、死んでいった無数の友人の顔を思い出す。

しかしむろん一人残らず死んでしまったというわけではない。生き残った友人のうち、中学時代文字通り莫逆《ばくぎゃく》の友だった一人がいるのはさいわいである。

彼は中学五年の夏、僕と同様に停学処分をくって、その間に悠々と海軍兵学校にはいってしまった。

　そして昭和十七年の冬、ひとりで家出をして東京で半浮浪的生活をしている僕を訪れた。海軍少尉だから、いっしょに町を歩いていても、いたるところで兵隊が挙手の敬礼をする。えらいもんだなあ、と思ったが、僕は別に劣等感も覚えず、向こうも全然優越感を覚えなかったようだ。これが二十歳前後の親友というものの特別な感情である。

　二人はアパートの三畳で明け方まで語り合った。それもお互いの運命ではなく、日本のことについてばかりだったような気がする。

　明け方、疲れはてて眠った。ところが二人とも、ちょうど時計がないのである。しかも彼はその朝、横須賀《よこすか》から出航して南の戦場へゆかなければならないのである。

　しかし、二人は目ざめた。みぞれのふる夜明け前の町を駅へいった。大時計を見たら、ぴったり出航に間に合う時間であった。まるで神が手をさしのばして二人をゆり動かしたようだった。僕も同じ船に乗ってゆきたいと切実に思ったことを思い出す。戦争が終って、彼は生き残って、大尉として帰って来た。敗戦のショックはそれからも何年間も彼をとらえているようであったが、このごろはどうやら田舎《いなか》の助役になった。

　一年に一、二度彼は上京する。そして、「たまってるんだから、かんべんしろ」といってしゃべる。それが明け方から深夜まで、顔さえ見れば僕を追い回してしゃべりつづけにしゃべっている。

これが一週間くらいになると、いくらなんでも僕も往生して、トイレに逃げこんでやっと息をつく。すると彼はトイレの外側に立ってまたしゃべっているというありさまである。これはがまんしなければならんだろう。……

私のペンネーム

私は田舎《いなか》の旧制中学のころ、四人の仲間を作って日夜《にちや》よからぬことを企《たくら》む、まあ不良中学生だった。まあというのは、そのころは町の映画館にはいっても停学処分を受けるという、太平洋戦争直前の時代だったからである。実際に私は停学をくらったのだが、この仲間同士がおたがいに連絡するのに、それぞれ、雨、風、霧、雷という隠語を使った。そのとき私の符号は「風」だった。

一方、そのころ「受験旬報」という雑誌があった。いまでは「蛍雪時代」という名になっている。私は中学の寄宿舎にいたのだが、この雑誌をとっている生徒が少くなかった。私は「いやなものはやらない」という性質で、いまでもその通りだが、受験勉強は大きらいだから一切やらなかったけれど、この雑誌が毎号「学生小説」を募集していたのにふと応募して見る気になった。そのときペンネームを風太郎としたのである。

そしてその結果、処女作（？）が掲載されたのが昭和十五年二月上旬号だから、書いたのはおそらく十四年だったのだろう。つまり私のペンネームは十七歳以来ということになる。

寄宿舎にいる生徒が家から送金してもらうのが普通二十円の時代に、一等はたしか十円で、これに味をしめてそれから八回ほど掲載されたと思う。

しかし、むろん私は作家などになるつもりはなかった。そんな時代ではなかった。ところが敗戦直後、私は医学生で東京にいたのだが、猛烈なインフレと、戦災で焼かれた医書の入手に苦しんだ。そこで卒然と、中学時代懸賞小説で賞金をもらったことを思い出したのである。

で、まわりを見まわすと、「宝石」という推理小説雑誌が創刊されて、小説を懸賞募集していた。正直にいって私はとうてい推理小説のファンであるとはいえず、またそれについての知識もまるでなかったが、ただ医者の学校に籍をおいているので法医学を使えば何とかなるだろうと、甚だ稚拙な一篇をものして送ったら、これが当選してしまったのである。このほうの処女作が掲載されたのが昭和二十二年新年号で、そのときまた風太郎を思い出してそれを踏襲したわけだ。

それがミイラとりがミイラになり、何とか医大は出たものの、ついに作家になり果てたのは、さっきいった「いやなものはやらない」という私の主義のおかげである。要するに私は医者よりも作家の方がいやではなかったのだ。

右のごとく大決心の結果作家になったのではなく、ふらふらのゆきがかりでそうなったのだから、はじめはペンネームの読み方でさえ、自分でも一定せず、フウタロウかカゼタロウか、呼ぶ人にまかせていたのだが、その後どうやらフウタロウにきまって来たようだ。その方が私にふさわしいように思う。

私の処女作

処女作というものがその作家のすべての未来を予見している、というような意味の言葉があるが、必ずしもそうとは限らない。私の場合も、自分自身でさえ忘れがちになるほど印象の薄いものである。

題して、「達磨峠の事件」という。昭和二十二年「宝石」新年号に、宝石第一回懸賞小説当選作品として掲載されたものである。

内容は、「探偵小説四十年」に乱歩先生が、「山田風太郎君はまだ医科大学生であったが、当選作はありきたりの探偵小説で、後の奇想縦横の作風を見せた山田君の作品としては甚だ穏健なものであった」と評されたようなものだ。(そして、乱歩先生がこの文章を書かれたとき、私はまだ忍術など書いてはいなかった)

雑誌は昭和二十二年新年号だが、実際は昭和二十一年の冬に出たものではなかったか。

私は敗戦翌年の暑い夏、進駐軍配給の少々蛆《うじ》のわいたコンビーフの缶詰を、蛆だって蛋白質《たんぱくしつ》だ、とムシャムシャ食いながら、この作品を書いたことを思い出す。

実はそれまで私は探偵小説などに特別の関心があるわけでもなく、ただ創刊早々の「宝石」を田舎の友人に送ってやるついでに自分も読んでみて、この程度のものならおれにだって書けるサ、と学校で生かじりの法医学を——いまでは素人でも知っている程度の知識を——利用して書いて、ちょうどそのころ募集していた第一回懸賞小説に応募したのであった。

これが当選したことこそ奇蹟《きせき》で、いまではいかなる雑誌の新人賞でも問題になるまい。それが何かのまちがいで当選したことから、それ以後、私がともかくも作家として一生飯を食う運命が導き出されたのである。もののはずみとは妙なものだ。

頂戴《ちょうだい》したのはたしか一金千円なりで、学生のせいもあり、いまの二十万以上の使いでがあったような気がして、「作家とはいいものだな」と感じいったのがあやまちのもとで、のちに雑誌の奴隷となる破目を呼び、いまから思うとやっぱりお医者サンになって、武見会長の号令一下、無抵抗の有害無益な人類をイビっていた方が痛快であったかも知れない。

さて、しかし私の小説らしきものが活字になったのは、これが最初ではない。実は中学時代旺文社《おうぶんしゃ》（当時欧文社）の「受験旬報」の学生小説に何度か当選した記憶があったから右のごとき所業に及んだので、いま調べてみるとたしかに八回掲載されており、その第一回は昭和十五年二月上旬号の「石の下」というしろものである。

おそらくそれを書いたのは昭和十四年であろうから、当時十七歳、してみると芸能生活三十年以上にも及ぶことになる。いかに十七歳にしても、これまた何のヒラメキもないもので、こうして見ると、やっぱり処女作はその作家のすべての未来を予見しているというのは当っているかも知れない。……

わが町・わが本

去年、私の昭和二十年の日記「戦中派不戦日記」という本を出してもらったが、その三月二十一日にこんなことを書いている。

「想起す、中学卒業の年の秋、夕靄《もや》美しく哀愁漂う鳥取の町を、古本屋にて得たる岩波文庫の『どん底』に熱き眼をくいいらせつつひとり歩みし日を。当時わが脳中に芸術は幻の大殿堂にして、また最高の穹窿《きゆうりゆう》なりき。

今日ふたたび見る『どん底』なんぞ心を打たざる。脳半球の半ばはただ日本を思う」云々《うんぬん》。

これは二十三歳のとき、数年前を想い出して書いているのだが、それからさらに二十七年経過して、鳥取と本という題で考えるとすると、どういうものか頭に浮かんで来るのは、本というより雑誌だが、「オール読物」なのである。

私はそれを鳥取の駅で母とともに汽車を待ちながらベンチで読んだことを憶《おぼ》えている。そのとき読んだのは、大佛《おさらぎ》次郎氏の「死なぬ伊織」という小説であった。

これは中学卒業のときよりもっと古い。――先だって、「オール読物」の人と話した。「僕がよく書いてるので具合悪いんだけどね、今のオールより、昔のオールの方が面白かったようだな」

「昔って、いつごろのことですか」

それで「死なぬ伊織」当時の話をした。「そんな大昔のことですか」と相手は笑って帰っていったが、しばらくするとまた笑い声で電話をかけて来た。

「調べて見たら、あれは昭和十年の本でした。しかし……昔のオールの方がよかったというのは、明治はよかった式の、山田さんの錯覚じゃないですかなあ。何なら、その雑誌を持ってって見せてあげましょうか」

「いや、べつにいいんだ」

と、私はあわてていった。幻想の壊されることを怖れたからである。

しかし私は、「死なぬ伊織」はいい小説であったと記憶しているし――それ以後一度も読んだことはない――そのときの木村荘八さんの挿絵まで憶えているのである。昭和十年というと私は中学に入る前後のころで、その代り二十三のとき思い出した「どん底」は、日記にそうあるだけでとんと記憶がない。どうも人間の記憶は年がよるにつれて、逆に遡《さかのぼ》ってゆくものらしい。あるいは、そういう年齢で、おそらくはじめて読んだ「オール読物」であったから、異様な魅力で印象されたものかも知れない。

鳥取は母の実家に近いせいで子供のときからよくいった。それが私の知った最初の大都会であった。それどころか、中学を卒業してからやがて私は東京へ出て来たのだが、それはもう戦争のまっただ中の荒涼とした東京で、大通りに街灯がずっと遠くまでつらなっているというような風景は、少年時の鳥取以来、戦後東京が復興してはじめて再会したといっていいくらいである。

戦前の鳥取は、私にとって美しい「わたしの城下町」であった。その想い出は、その町が消えてしまったからいよいよ儚《はかな》い。戦争前の鳥取は、戦争中大地震で消滅したからである。

消えてしまった想い出の町といえば、信州の飯田がある。昭和二十年、学校とともに疎開した先がその山の町であったのだが、修羅地獄の東京から逃げていっただけに、町をとりかこむ壮美な山脈の景観はいっそう忘れられない印象を残した。

右の日記に、その日々読んだ本のことを記しているので、それをまた読んでくれた人が、「あの時代によく本を読んだものですなあ」と感心していう。それに対して私は、「いや、それはちょうどわれわれのふつうの朝食でも、献立を書きならべると大御馳走《ごちそう》に見えるようなもので、実はそれほどでもないんだが」と答えたが、しかしいまよりよく本を読んだことは事実である。

その理由は、えらそうな方からいえば、眼前に死があったからだ。この戦争で生き残れるわけはないのだから、いまのうちに出来るだけ本を読んでおこうと考えた。——だから、その戦争が終って無事生き残ったら「さあ、これから本を読むぞ！」といった友人があって、それは僕と反対だ、と眼をぱちくりさせたことを憶えている。逆に私は虚脱状態に陥って、しばらくは本を読む気もなくしてしまった。——しかし、正直なところをいえば、その読書は一種の現実逃避でもあった。逃避すべき娯楽は、そのころほかに一切なかったから。

逃避だから、何でもいい。たまたま手にとる機会のあった本の乱読である。日記によると、そのころにトルストイの「戦争と平和」など読んでいる。モームのいう「世界十大退屈小説」にあたるものなどもそのころに読んだようだ。

去年の暮から半年ほど私は仕事を休んで見た。その口実の一つに、「当然読んでいて然るべき有名な本で、まだ読んだことのない本がずいぶんある、それを読むんだ」というのがあったが、実際にはとうとう読まなかった。そしてまたたとえ読んでも、いまはすぐに忘れてしまったろう。

その意味で、はたち過ぎに、「世界十大退屈小説」など読むことの出来たのは好都合であったと思う。日本の運命を憂える心と、恐ろしい空腹と、そして美しい信濃の山河の記憶の中に、その日々に読んだこれらの本の記憶は、それ以後再読したものはほとんどないが、まざまざと脳中に印せられている。

さて、消えてしまった飯田だが、この町も全然爆撃などされなかったにもかかわらず、戦後まもなく大火のために消失してしまったのである。今あるのはその後に出来たもので、だからそのころの友人と、「なつかしいあの町へもういちどいって見ようじゃないか」と語り合いながらいまだに実行しないのは、私たちの知っている町とはちがう町だからだ。

戦前の日本の町らしい町は空襲でほとんど焼き払われてしまったのだが、しかし特にその難をまぬがれた町でも、うたかたのごとくみずから消滅してしまうことは、この鳥取も然り、この飯田も然り。——

日本の世代の「断絶」の原因はこういうところにもある。ヨーロッパでは空襲で破壊されつくした町を、どこでもそれ以前のものとそっくり同じに再建したそうで、いかに彼らが自分たちの作りあげた十九世紀の町に自信と満足を抱いているかがわかる。それにくらべると日本人は、そういう意味で過去にさっぱりみれんはないようだ。

この現象はさびしいことだがしかしまた、再考して見ると、あらゆる意味で過去の重荷に金縛りになっているともいえるヨーロッパにくらべて、物質的には——或《あるい》いは精神的にも——過去が無にひとしいだけに軽快無比、醜怪な高速道路をどこの建物をぶち砕いて通そうと自由自在、日本がいま経済大国となり得た最大の理由は、こういう非情無神経な新陳代謝が可能であったせいともいえる。

それにしても、フランスの小説などを読むと、いたるところ「わが麗しのパリよ!」といったような言葉が出て来るが、日本の小説に、明治はよかった式の過去の幻ではなく現実に「わが美しの町よ!」という文章が出て来るのはいつの日のことであろうか。明治四十三年の鷗外の小説に「普請中」というのがあるが、日本はいつまでたっても普請中で、もう飽き飽きした。

昭和六年の話

「オール読物」がこの号で五五〇号に達するという。それで「オール読物」が創刊されたのは昭和六年四月号からだということを知って、昭和六年とはどんな年であったか、年表を調べて見る気になった。

調べて見ると、それはそれでなかなか面白い。——以下は、岩波の「近代日本総合年表」による。

一月、「少年倶楽部《くらぶ》」新年号より、田河水泡の「のらくろ二等卒」の連載はじまる。
一月十日、ラディゲの「ドルヂェル伯の舞踏会」堀口大学訳出版。
一月十五日、金田一京助「アイヌ叙事詩ユーカラの研究」出版。
二月、婦人雑誌の普通号にも別冊付録がつきはじめ、付録競争時代はじまる。
二月十一日、アメリカ映画「モロッコ」封切。
三月、陸軍のクーデター「三月事件」未遂にして発覚。
三月、東京航空輸送社、はじめてエアガール（スチュワーデス）三人採用。

三月、長谷川伸の「瞼《まぶた》の母」明治座で、十三世守田勘弥により初演。

四月、「オール読物」創刊。野村胡堂の「銭形平次捕物控」第一話「金色の処女」発表。

四月、佐々木味津三の「右門捕物帖《ちよう》」出版。

四月、銀座に柳並木復活、柳祭り行わる。

五月、河原崎長十郎、中村翫右衛門らにより「前進座」結成。

六月十日、早大大隈《おおくま》講堂で最初のレスリング公開試合。

六月二十二日、日本空輸航空の旅客機、福岡県の山中に墜落、三人死亡。日本最初の旅客機事故。

七月、長谷川伸の「一本刀土俵入」東京劇場で、六代目尾上菊五郎により初演。

八月一日、日本初の本格的トーキー映画、五所平之助《へいのすけ》監督、田中絹代主演「マダムと女房」封切。

八月八日、ダット自動車製造（株）、新小型四輪車を製作。（翌年ダットサンと命名）

八月二十六日、前年十一月四日狙撃された浜口雄幸首相死亡。

九月、谷崎潤一郎「盲目物語」発表。

九月一日、清水トンネル開通。九七〇二メートル、当時世界最長。

九月十八日、柳条湖の満鉄爆破、満州事変起る。

九月十九日、満州事変の第一報、ラジオではじめて臨時ニュースとなる。

十月、永井荷風「つゆのあとさき」発表。

十月十七日、陸軍のクーデター「十月事件」未遂にして発覚。

十一月二十九日、読売新聞の招待で、ゲーリッグら米大リーグ来日。

十一月二十五日、平凡社の「大百科事典」刊行はじまる。

十二月十五日、ジョイスの「ユリシイズ」伊藤整訳出版。

この年、東北地方の冷害凶作により不況深刻化。一方、都会では古賀政男の「酒は涙か溜息《ためいき》か」「丘を越えて」また「巴里の屋根の下」流行。

アメリカではニューヨークに、「エンパイア・ステートビル」完成。


むろん、ほかにも内外にわたって多事多端だが、現在の私にとって興味のあるものだけを抜き出して見た。中には、へへーと思うこともある。いまの若い読者には、すべて遠い遠い事件のように思われるだろう。しかし、これだけでも、この年がいかに騒々しい年であったかわかるというものだ。「オール読物」も、いやに騒々しい年に創刊されたものである。（ただし、雑誌およびその掲載作品は、おそらくここに記されている月の前月に出されたものにちがいない）

これで、せっかく芽ぶきかかり、あるいは花ひらいている文学や映画、スポーツ、文化的生活などの世界が、一方で、地底にのばされつつあった軍国主義の導火線で、一挙に爆破された運命の年であったこともわかる。この年九月の満州事変は、実に十五年戦争のはじまりだったのである。

右にあげた事項は、しかしむろん当時の私の知るところではなかった。私にしてもまだ九歳で、しかも兵庫県の但馬の山奥の村の小学生だったのだ。のちに自分たちがいわゆる「戦中派」なるものに投げ込まれることになろうとは、夢にも知りようがない。

で、こちらは「オール読物」などは全然知らず、まだ「少年倶楽部」であった。いや、考えてみると私は、この年の四月号から「少年倶楽部」を買ってもらいはじめたのである。ちょうど三年生から四年生に上る春休みであった。山村の屋根屋根の雪もようやく溶けるのに忙しく、窓ガラス越しに、軒から銀色のしぶきが、春風に吹かれてななめに落ちるのが、蒼空《そうくう》を背景にキラキラ見えた。そして、まだあかあかと燃えている囲炉裏《いろり》の薪《まき》のそばで、私は頰をほてらして、はじめて買ってもらった「少年倶楽部」を夢中になって読んでいた。

その記憶はある。そして、そのときの「少年倶楽部」も、数年前復刻されたものが実はいま手許《てもと》にある。ところが、いま読み返して見ると、内容にはほとんど記憶がない。のちに有名になった「のらくろ」も、新年号を見ると、決して鳴物入りではなく、実にさりげなく、つつましく新掲載されている。

目次を見ると、連載は、佐藤紅緑「一直線」、大佛次郎「日本人オイン」「青銅鬼」、宇野浩二《こうじ》「花の首輪」、サトウ・ハチロー「二人三脚」、佐々木邦「村の少年団」、山中峯太《みねた》郎《ろう》「亜細亜の曙《あけぼの》」など、その他、大河内翠山《すいざん》「曾呂利と太閤《たいこう》」などが載っている。

忘却ということもあるだろうが、おそらくこの大部分が、小学三、四年では少しむずかしかったせいだろう。

いまでは、その復刻版を見て、大佛次郎氏が二本連載していることや、佐藤紅緑、ハチロー氏が父子で連載していることや、そのハチロー氏は大変な不良少年であったということだが、このころから「少年倶楽部」に連載しているならリッパであることや、などに感心し、またその紅緑氏のお嬢さんが佐藤愛子さんであることや、講談師・大河内翠山氏の御子息が、後年全学連にナヤまされることになる元東大総長・大河内一男氏であることや、などに津々たる興味をおぼえる。

それから、出版元の講談社社長の野間清治氏が、「少年のために」と題し、「……日々に新《あらた》になれない人は芯《しん》の止った人で、出世出来ない人である」などと訓戒をたれたまい、海軍中将・小笠原長生子爵《おがさわらながなり》が、「東郷元帥から少年諸君へ」と題し、「少年諸君！　諸君は東郷元帥の精神にならい……常に真心を以て一貫したら、必ず成功致しましょう。そうして君国に真の御奉公ができるでありましょう」などと、これまた訓戒をたれたまっているのを見――さらに、この小笠原中将が、先だって私が「オール読物」に連載した「明治断頭台」中に登場する小笠原壱岐守《いきのかみ》の子息であることなどを考えて愉快に思う。

この年から「愛国心」に燃えて、十五年間荒れ狂った軍人たちのやったことは、いまやすべてあとかたもない。それどころかあの国家的大破滅をもたらしただけであった。しかし、その年から五十年近くたっても、「つゆのあとさき」は残り、「盲目物語」は残り、「瞼の母」「一本刀土俵入」は残り、「のらくろ」は残り、「酒は涙か溜息か」「丘を越えて」は残り、「銭形平次」は残り、そしてわが「オール読物」もまだ残っている！

――私は、この昭和六年の春から――四年生の新学期から、事情があって、右の「少年倶楽部」を大事にかかえて、山陰線で十いくつも駅をへだてた海辺の祖父の家に移らなければならないことになった。祖父の家はいいとして、学校を替るのが――友達が替るのがいやでいやで、未亡人であった母に、毎日泣いてぐずったことをおぼえている。

「お母ちゃん、かえろうな、ナ、ナ。かえろうな、ナ、ナ」

というそのときの自分の声さえ、いまだに耳によみがえるようである。

いくら哀願しても、大人《おとな》の都合できまったことがどうなるものではない。――父が亡くなったときはまだ五歳であった私が、人生において「哀しさ」というものをはじめて意識したのも、この昭和六年なのであった。

暗い空の文字

この随筆を依頼された前夜、偶然私は、昭和三十年半ばごろの自分の日記を読んでいた。べつに何の目的もない。原稿を書きあぐねて、たまたま手にふれたその日記を無意味にめくっただけに過ぎないが、それでも思わずひき込まれ、さまざまな思いがあった。

私はいまあまり世間に出ないで、ただ本を読み、酒を飲み、ときどき原稿を書き、ときどき旅行をするといった、小さな平凡な生活をしているけれど、考えて見ると、十五年前もだいたい同じような生活をしていた。

こういう生活を、私はつまらないとも、申しわけないとも思わない。私には二十歳を中心に、自分では大袈裟《おおげさ》に「闇黒の十年間」と呼んでいる時代があって、悪戦苦闘はあれでもうたくさんだと思っている。そのころの日記を、かつて「滅失の青春——戦中派虫けら日記」「戦中派不戦日記」という二冊の本にして出してもらったことがある。

他人が読めば、なんだたいしたことはないじゃないか、と思われるだろうが、本人にしてみれば大変な日々であったのだ。——逆にいえば、それが日記というものの限界でもある。

それ以後は、日本の運命と同様、それにあやかって、まことに平和で平凡な生活をしているから、日記もむろんその通りである。

しかし私は、「闇黒の十年間」の日記より、その平和で平凡な生活を、ただ習慣的に、無目的に――従って、淡々としるしたその後の日記のほうに、かえって哀切の感を深くした。

わずか十五年ほど前のことだが、それでもそのころの日記の中に、笑ったり、怒ったり、泣いたり、理窟《りくつ》をこねたりしていた人々が、その後どうなったか。――幸福だった人が、その後思いがけない不幸に陥っていたり、その逆であったりする。私の眼の前からそれっきり姿を消してしまった人々も多い。そして、誰の眼の前からも永遠に消えた、つまりあの世へ去ってしまった人々もむろん少くない。

これはちょっとした推理小説だ、と私は感じないわけにはゆかなかった。出来のいい推理小説は、結末はわかっているのに、再読に耐える。結末がわかっているからこそ、いよいよその途中が面白いということがある。

日記もその通りだ。

その事件や人々が、あとでどうなったか、いまではわかっているのだが、そのときは当人も書いている自分もわからず、日記の中で動いている。人間というものについて、哀切の感なきを得ない。

それは日記がなくっても、回想しただけでも同じではないかと思われるかも知れないが、回想はそれ以後のことも重層し、混在して漠然たる印象しかもたらさない。その日、そのときの姿、言動をスナップ風に描いた日記の哀しさにはついに及ばない。スナップといえば、写真も――とくに八ミリなどは面白いが、人間の生活の大部分は撮影には向かないし、だいいち精神風景は写らない。

たしか渋沢秀雄氏であったか、日記を読み返してみると、ただ理窟や感想を述べた部分より、具体的に生活を描いた部分のほうが面白いといわれていたのを読んだおぼえがあるが、それはその通りだが、しかし私は、自分の以前の感想の部分も、それなりに面白かった。

たとえば、若いときに老いについて述べた感想のたぐいなど、いざ現実に老いが身に迫った現在の感想とくらべる面白さがある。ずいぶん突拍子もないことを考えていたものだな、と笑い出すところもあるし、雀百まで踊り忘れずで、何十年も前から同じことを考えているナ、と憮然《ぶぜん》たるところもある。

とにかく、人生を描くのが文学なら、自分の日記以上に文学的なものはあるまい。

ただ、この場合、これはあくまで当人だけの感銘であって、ほかの人にはほとんど通用しない。他人にも通用する文学として書いてないからである。しかし、自分だけの感銘でいいではないか、と思う。

とにかく、「今」の時点に立って古い日記を読めば、ありふれた表現だが、夢まぼろしのごとくである。過去がぼんやりしているというのではなく、あまり生々しいために、いったいこの日々は何であったか、この日々に何の意味があり、そしてそれはどこへいってしまったのか、という哀切の思いを与える夢幻感である。

私は、はからずも、ヴェルレエヌの詩をきれぎれに思い出した。

「お前はたのしい昔のことを憶えておいでか
あやうい幸福の美しいその日昔の空は青かった。昔の望みは大きかったけれど、その望みは破られて、暗い空にと消えました」

古い日記は、その暗い空に薄く残っている文字だ。

しかし、本人にしかその感動の意味のわからない日記は、やがて他人の手で——家族の手からさえ、ただの紙片の束として捨てられる。暗い空の文字は、それで永遠に消える。

また、それでいいのだと思う。

ある古本屋

戦争が終ってこのかた、金のあるなしにかかわらず、欲しい本だけは無造作に買って来たつもりだが、さていま書庫を見て、眼でざっと勘定しても、どうも一万冊もありそうにない。考えて見ると一日一冊買ったとしても、三十年間でやっと一万冊である。本が一万部売れたといっても出版社は屁《へ》でもない顔をしているけれど、一万冊というのは大変な数だと思う。

一万冊はないとしても、まあ何千冊かはあるだろう。しかしその中に、一冊で何十万円などというコットウ的な値打ちのある本は一冊もなさそうだ。本は内容を読めばいいと思っているので、私は稀覯《きこう》本はおろか、初版本とかにも全然興味がない。

それでも、いま見ると、いつ買ったものか、白秋署名入りの昭和四年アルス版「白秋全集」や、芥川のもので、大正十年新潮社版「夜来の花」、十四年改造社版「支那《しな》遊記」、十五年新潮社版「うめ・うま・うぐひす」、昭和四年岩波版「西方の人」などの、それぞれ初版本がはいっている。明治書院版「近世日本国民史」も蘇峰《そほう》署名入りのものである。

それから、海軍機関学校の蔵書印を押した「寛政重修諸家譜」全九巻があるのは、敗戦時のドサクサまぎれにだれか持ち出したものだろうが、現在自分が所持しているものでありながら甚だけしからんことだと思う。さらに一連の「大武鑑」に中央警察学校の蔵書印があるに至っては、滑稽《こっけい》感をおぼえる。

どうもこれは、斎藤古本屋の持ち込んで来たものらしい。

斎藤古本屋といっても、そういう古本屋の店があるわけではない。たった一人のかつぎ屋である。私のところばかりでなく、あちこち作家のところへ出入りしていたようだから、御存知の方は御存知かも知れない。

右の変な本があるといっても、むろん彼が盗んで来たわけではない。古本屋仲間の市から仕入れて来たもので、ただ一人でそんな商売をしている男であった。

考えて見ると、私の蔵書の「核」をなしているのは彼の持って来た古本であった。

すぐ手近に、昭和六年から九年に至る平凡社の「大百科事典」全二十七巻があるが、これなどが彼が最初に持って来た本だと思う。その最終巻に、「天国荘綺談《きだん》稿料ニテ求ム、一万四千円也《なり》、昭和廿四年十二月廿日《はつか》」と小生が書き入れをしている。そのころ私はすでに原稿料なるものをもらっていたが、作家になるつもりもなれるつもりもなかったので、ただ将来の記念のために、と思ってそんな書き入れをしたものらしい。百科事典二十七巻で一万四千円というのが、当時の物価として安かったのか、いい値であったのか、今では見当もつかない。

さて彼は、私より十何歳か年上であったろうか。なんでも青森県生まれで、少年時から神田の古本屋に小僧にやられ、出征してシベリアから復員し、まだ店を持つ力がなく、一人で古本を仕入れ、作家などに売り込んで生計をたてている男であった。

だんだんつき合っているうちに、実に善良な人間だということがわかって、持って来た本を私はろくろく調べもせず、何十冊だろうが「そこへ置いてってよ」というようになり、その結果が右の次第となったのである。

本というものは、数冊でも重いものである。とくに歴史関係の昔の本は重い。それを何十冊も風呂敷《ふろしき》で包んで背中にしょい、玄関でドサッと下ろすと腰がぬけたように尻《しり》もちをついてしまう。しかし彼は痩《や》せ気味ではあったが血色よく、きわめて健康らしかった。

「先生はぜいたくですなあ」

と、彼はしばしば私を見て嘆息をもらした。そして、自分の昼食はコッペパンだけだといった。そんな人にくらべりゃ、どんな人間でもぜいたくといわれてもしかたがない。

ちょうど飯どきにやって来たので、ウナ丼《どん》を二つとったら、「いえ、私は一つで結構で」というから、「一つは僕のだ」と私がいって、彼が帰ってから笑い出した。そんなことまで今では哀愁をもって思い出す。

終戦からしばらくの間、私はまだ学生で間借り、向うはコッペパンのつき合いであったが、そのうち私が独立して家を持ち、十年ごとに書庫が倍の広さにひろがってゆくのを、彼はわがことのようにうれしそうに眺め、かつ、ときには憮然たる表情になっていることもあった。

「先生が亡くなったら、本の処分は私にさせて下さい」

私より十幾つも年上のくせに、彼はそんなことを何度かいった。

それほど健康に自信を持っていた彼は、十年ほど前、ふいに急病で死んでしまった。ついに一生、古本のかつぎ屋のまま。——哀愁をもって思い出す、といったのはそういうわけからである。

自分用の年表

歴史を書くとき、年表はよく見る。それはむろん、歴史的な事件の生起した順序をたしかめるためだが、そういう仕事以外でも、年表というものは見ていて面白い。

それは歴史の時間と空間を一望のもとに俯瞰《ふかん》する面白さである。

時間のほうはだれでもわかるが、空間とは何だといわれるかも知れないが、それは同時代、さらに同日同時刻に、私たちの知っている数人物が何をしていたか、いかなる状態にあったか、を知ることによって空間的な面白さが発生するという意味である。

全然無関係な人々でも、同時代に生きていたと思うと、いい知れぬ興味が生ずることがある。

まして、のちに運命的な結びつき、あるいは大衝突を起す人間同士が、ある時点までは何も知らず、それぞれの世界で何かやっていることを知る面白さ。さらに、例えば大戦争のような場合、敵と味方、指導者と民衆などの、同日同時刻の言動を見る面白さ。

しかし、これだけでは小説としてまとまらないか、また、まとまるようならだれでも材料にするので、私などは――歴史物を書く作家は、だれでもそうだろうが――しばしば、一つの作品を書くときに、その作品用の、自分用の年表を作る。

その年表の原型は、むろん史実にもとづいたものでなければならない。いかに小説が面白くなるからといって、歴史的な事件を勝手に逆転させたり、移動させたりしてはならない。フィクションは、正確な年表の上に構築されなければならない。

で、その大原則を守りつつ、自分用の年表を作ると、いろいろと面白いことを発見して、ときにはかんじんの小説製造のほうを忘れてしまうことがある。

一例をあげると、享保元年といえば、吉宗が八代将軍になった年だが、同年に吉宗は有名な「お庭番」制度を創設している。そして同じ年に尾形光琳《こうりん》が死に、与謝蕪村が生まれている。お庭番と光琳や蕪村の生死とべつに関係はないけれど、何となく三題噺《さんだいばなし》のようで面白い。(自分用の年表というのは、通常の年表には、歴史的人物の「生年」はまず載っていないからである)

とくに外国に関することは、日本の例の元号で観念的に世界史から遮断されているから、それを西暦で統一して見ると、自分でも、へへえ、そうだったのかと改めて感心することがある。

ことしはアメリカの建国二百年祭があるそうだ。では二百年前の一七七六年はというと、日本の安永五年で、同年ではないが翌六年に、右の蕪村の有名な「春風馬堤曲」が発表されている。なるほど、ワシントンと蕪村は同時代の人だったのか、とやっと気がついて感慨にふけるといったありさまである。

さらにまた、もっとさかのぼると、一七〇一年五月二十三日、有名な海賊キャプテン・キッドが五十六歳でテームズ河畔で絞首刑になっているが、これが日本でいうと元禄《げんろく》十四年、松の廊下の刃傷があった年だ。そこで、一七〇一年五月二十三日を、「三正綜覧《そうらん》」で日本暦に換算して見ると、それは元禄十四年四月十六日にあたる。ちょうど赤穂城明け渡しのために、幕府の大目付が赤穂に到着した日である。

このとしスウィフトは三十四歳で、例の「ガリヴァー旅行記」はこの二十年ばかり後に書かれたものといわれるが、とにかく日本でいえば元禄時代の人なのである。そこで私は、スウィフトが日本の「お犬さま時代」の話を、出島オランダ商館を通して聞いて、それが「ガリヴァー旅行記」のインスピレーションとなったという小説を書いたことがある。するとその小説に触発されて、小松左京さんが「歴史と文明の旅」という大著をものされた。

右のキャプテン・キッドは実在の人物だが、ときに史上有名な架空の人物をこの年表の上にのせて見ると、なかなか面白いことがある。

幕末の例の遣米使節団、あれの副使は村垣淡路守という人だが、これがお庭番の家の出身である。そこで私は、「お庭番地球を回る」という小説を書いたことがある。この一行がニューヨークで大パレードの歓迎を受けたとき、詩人ホイットマンがこの日本使節団をたたえる詩を書いたことは史実だが、私はこの中に「風とともに去りぬ」の伊達《だて》男レッド・バトラーを登場させた。この快男児がギャングに襲われる村垣淡路守を救うというお話である。この遣米使節は万延元年のことで、同年に例の桜田事変が起っているが、西暦でいえば一八六〇年。そしてあの南北戦争はその翌年に起っているのである。レッド・バトラーが登場してもおかしくはない。

もう一つ、例のシャーロック・ホームズ。

ドイルはホームズの物語に、いちいち几帳面《きちょうめん》に事件の発生の年月日をしるしている。それを日本に換算すると、充分明治三十三年―三十五年を包含する。すなわち漱石がロンドンに留学していたころである。つまり、漱石が、「倫敦に住み暮したる二年は尤《もっと》も不愉快の二年なり。余は英国紳士の間にあつて、狼群に伍《ご》する一匹のむく犬の如く、あはれなる生活を営みたり。倫敦の人口は五百万と聞く。五百万粒の油の中に、一滴の水となつて辛うじて露命を繋《つな》げるは余が当時の状態なりといふ事を断言して憚《はばか》らず」と書いた同じ倫敦に、シャーロック・ホームズはパイプをくゆらせつつ、二輪馬車で駈《か》けていたのである。

そこで私は、二十年ほど前、漱石対ホームズという設定で、「黄色い下宿人」という推理小説を書いたことがある。この着想は当時としては他に例がないと思われるが、さてかんじんの小説が推理小説として平凡なものであったので、せっかくのこのアイデアを生かし切れなかったのが残念である。

「警視庁草紙」について

「警視庁草紙」は「オール読物」に昭和四十八年七月号から四十九年十二月号まで、一年半にわたって連載したものだが、私がこの物語の着想を得たのは、さらに前年の夏のことであった。

「天保の妖怪《ようかい》」といわれた例の鳥居耀蔵《とりいようぞう》が明治初年まで生存していたという記録から、明治における鳥居耀蔵を、「東京南町奉行」という短篇に書いたのだが、この題名を眺めているうちに、ふと、

「はてな、明治維新後、江戸の町奉行所の連中はどうしたかしらん？」

と、思いついたのである。

そこから、明治七年に誕生した新警視庁VS.南町奉行所残党の智慧《ちえ》のたたかいという物語が編み出された。

このたぐいの読物において、私は必ずしも多読家ではないから、先例があれば素直にシャッポをぬぐけれど、このアイデアによる作品はいままでなかったのではないか。なかったとしても、それは当然だ。調べてみると、アメリカの進駐軍に対する敗戦後の

日本警察と同様、瓦解《がかい》後の江戸の町奉行所の人々は、実に従順に服従し、消滅していったので、とうてい新警視庁に挑戦するどころではない。

しかし、物語としては充分に成立するアイデアである。

で、「警視庁草紙」は、この点あくまでフィクションだが、一方で私は「史実」には相当程度忠実に従った。これは矛盾しているようだが、それがうまくかみ合っているかどうかは読者の判定を仰ぐしかない。

この根本アイデア以外に、私はいろいろ試みをやったつもりである。

第一は、警視庁の初代総監川路利良《としよし》という人物とその権謀ぶりを描き出そうとした。

第二は、いまの読者のだれでも知っている有名人物——西郷隆盛、大久保利通、乃木希典《のぎまれすけ》から、円朝、黙阿彌《もくあみ》、はては漱石、鷗外、一葉、また皇女和の宮、山岡鉄舟、清水の次郎長、高橋お伝などの実在人物を登場させ、しかもたんなる彩りではなく、そのことごとくに必然的な役割を与えた。

読者が本篇を読まれて、「ああ、この人はこの時代、この年齢でこういう状態で生きていたのか」と、改めて興味を催して下されば、作者として一つの目的を達する。

第三は、これは連作形式になっているけれど、ただ鎖の環のようにつながっているばかりでなく、一つ一つの物語が歯ぐるまとなり、それが立体的に組み合わされ、一つの歯ぐるまがまわると、すでにまわり終えた前の歯ぐるまがまたまわり出すという仕掛にしたことである。

連載途中に、某紙に石堂淑朗《とうろう》氏が、「この作品には、実話性、フィクション性、推理性と、作者の能力のすべてが投入されている」と評して下さったが、なるほど、そういわれて見ればそうかも知れないと、自分でも思い当った。

「開化物と切支丹物は大衆小説の鬼門だ」といわれたのはたしか吉川英治氏だったと思うが、もうそろそろこのあたりでこの鬼門を解いてもらいたい、というのが作者の祈りである。

伝奇小説の曲芸

以前にも、明治を扱った中・短篇は書くことは書いていたのだが、やや本気で長篇の「明治の時代小説」を書きはじめたのは、「幻燈辻馬車《げんとうつじ》」が、「警視庁草紙」につづいて二作目である。大衆小説にとって明治は鬼門ということになっているそうだが、戦国・徳川期はどう書いてももう手垢《てあか》にまみれ過ぎているような気がし、それ以前の時代となるとだいぶ縁遠くなるような感じがして、比較的まだ扱われ方の少いこの時代に手をつけて見ようと思い立ったからだが、もともと私は、「歴史」を書く能力もなければ、そんな気もない。例によって私なりの世界を構築するほかはない。

自分ではそれが「伝奇小説」であるとも意識していなかったのだが、どうやらそれはそう呼ばれるものであるらしい。ジャンルの名称はともあれ、虚実ないまぜの世界にちがいない。

ところで、明治の時代を対象とするについて、私の眼の前に一つの問題がぶら下がった。それは、虚実ないまぜのうちの虚のほうの許容限度である。

いくら伝奇小説でも、限度を超えた歴史の勝手な変改や捏造《ねつぞう》は許されない。推理小説に有名なヴァン・ダインの二十則やノックスの十戒があるように、いやしくも歴史に材をとる以上、たとえ歴史小説ではなくても、守るべき限界がある。——この戒律を守った上での芸当でなくては面白みがなく、だいいちその限界を破っては、その小説そのものが無意味となる。

実は私は、読者は失笑されるかも知れないが、以前に荒唐無稽《むけい》な忍法小説なるものを書いていたころでも、自分としては原則として極力この戒律を守っていたつもりなのである。ましてや、対象は明治である。資料は多く、この戒律がいよいよ厳しいのは当然である。

では、その許容限度はどこらの線にあるのか、そもそも虚とは何か、実とは何か、ということになると、私もハッキリした返答は出しにくい。いわゆる歴史小説と称するものでも全部が全部実であるはずもないし、また虚をすべて拒否すれば、極端にいうと、あらゆる小説という小説が存在しなくなる。

これについて論じ出すとキリがないのでやめるけれど、結論からいうと私は、「幻燈辻馬車」でもこの許容限度を守ったつもりである。たとえば、登場人物が実在人物である限り、その人物がそこに登場してもおかしくはない——つまり一般読者の常識に叶《かな》う、という条件を守ったつもりである。

ただ、これはあくまでも私の常識に叶った許容限度であって、読者の許容限度はそれぞれまたちがうかも知れない。

とにかく常識に叶いながら常識を破る、あるいは常識を破りながら常識に叶う、というのが私の念願であった。

願わくは、幽霊までが堂々と登場するこの物語を、一から十まで嘘っぱちとは思われず、作者がそれでもある戒律を守りながら、伝奇小説の曲芸をやったものとして御笑読あらんことを。

酒中日記　旧師との再会

某月某日

小学校四年五年のころの恩師前田先生、兵庫県の但馬《たじま》より御上京。

実にそのころから約四十年ぶりの再会である。双方ともにまったく別人として再会の顔を見合わせることになったのもやむを得ない。当時の級友の名簿を下さる。その名の下に戦死と書かれている数のおびただしさ。実に四十五人の同級生中、三分の一の十五人が戦死。八人が病死。つまり半分以上はもうこの世にいない。

五十歳にして、小学校時代の級友の半分以上が死んでいるなんて、戦後の人には考えられないことだろう。ひょっとすると、明治生まれの人々の方が、まだこのパーセンテージが低いのじゃないか知らん。

あのころの——すなわち昭和初年の田舎を思う。故郷は山陰地方の山の中だが、村にラジオのある家も少かった。甲子園の野球放送のときは、近所じゅうの人々がうちに集まって来て聴いた。新聞も雑誌も読まない家が多かった。或《あ》るとき農家の友達のところで遊んでいたら、その家族が夕食を始めた。チャブ台というものさえなく、一人ずつの剝《は》げた箱膳《ぜん》を持ち出して輪になって、暗い裸電球の下で食事をするのだが、麦飯におかずはまんなかの大丼《おおどんぶり》に盛った沢庵《たくあん》だけであった。いったいあのころの日本の百姓は、何を愉《たの》しみに人生を過したのだろう、と不思議に耐えない。それが軍隊にゆくと、ともかくも油ッ気のあるものが食べられたのだから、百姓の子が軍隊にゆくのをむしろ悦んだのも無理はない。

しかし、愉しみはわずかにそれだけで——それどころか、彼らが軍隊に入ったころは、油ッ気のある食事どころではなかったろう——彼らに待っていたのは、戦死だけであった。日本の軍隊の陰惨な私刑《リンチ》は、いつ、どこから発生したのだろうと長らく疑問に思っていたが、あれは百姓兵の怨念《おんねん》から来たものではなかったかとこのごろ気がついた。とにかく小学校のころの同級生の三分の一は、現代では犬以下のものを食わされ、野獣以下の悲惨な死を与えられて、二十前後の人生を終ったのである。

夜、先生のお土産の蟹《かに》で晩酌。但馬名産の松葉蟹である。

いつも但馬から来る人からこの蟹をもらうたびに思うのだが、山陰線から東海道新幹線、暖房のきいた汽車で運ばれて来た蟹が、冷蔵庫に入れておくと五日くらいたってもまだ美味《うま》い。そこらの魚屋で買った蟹よりまだ身がしまっている。魚屋で売ってる蟹は、いったいいつごろ採れたものを売ってるのだろう。

某月某日

不思議なめぐり合わせで、小学校時代の旧師と四十年ぶりにお逢《あ》いして三日目に、こんどは中学時代の旧師奈良本辰也先生と三十何年ぶりかで再会。

奈良本先生は、私の中学三年から四年のころ教えていただいた先生で、そのことをきいた編集者が面白がって、先生御上京の機をとらえて銀座の某料亭で酒談の席を設けてくれたのである。

承《うけたま》わると、先生は大学を卒業されてすぐに但馬の豊岡中学においでになったそうで、当時二十三歳、驚いたことにそれから三十数年たってもあんまり変っていられない。教壇を右から左へ、左から右へ颯爽《さつそう》と歩きまわりながら、「こんな山の中の中学に来て、オレは実にツマラン！」といわれるのを、田舎中学生どもはあっけにとられて眺めていたものだが、授業はツマランどころではなかった。歴史の試験の解答に個条書にすることを拒否されて、個条書でない文章で書け、と教えられた。採点には却《かえ》って面倒なはずだが、それを意とされなかったのである。そのころ僕は、絵だけは学校で一番うまかったから、教室で似顔絵を描きながら「ナラポン先生はアラカンに似てるな」と感じいったことを、昨日のことのように思い出す。

若かった先生にとっては、漱石の「坊っちゃん」のように愉しい時代であったそうだ。

私にとっては闇黒の十年間のはじまりの時代であった。「そのころから教員室では問題の生徒だった」といわれる。とにかく何しろ、三尺下がって師の影を踏まずという、教育者にとっては古きよき時代の教え子だから、三十何年たっても頭があがらない。席を変え、バーに梯子《はしご》。こちらはホステスの手を握り、テーブル越しにナツメロを唄《うた》っていられる三十数年前の恩師の顔をアラカンのごとく懐しく眺めつつ、ふと、これまた三分の一は戦死したであろう中学時代の友達の顔がかすめ、すべてはアルコールの炎にかき消されてしまう。

某月某日

五十になったのを機会に、半年ばかり、出来れば一年くらい、何もしないでぶらぶら暮して見ようと思い立ち、このことを知り合いの編集者に申し込んだ。ところが、そのときは知らなかったのだが、いわゆる流行作家の人々で二、三、それぞれの個人的理由から休筆の意をもらしていた人があって、これがひとからげに「休筆宣言」なるものとして、あちこちの新聞や週刊誌に出てしまった。「結構なご身分で」と皮肉る人もあるが、そこが自由業のありがたさである。

それに暮しの上では、これまた日本の税制のありがたさで、現代の累進課税というのは一種の労働懲罰金だから、怠けていればいるほどかえって暮しはラクだという現象もありうるのである。

私としては生理的なくたびれ以外に、忍術はその使命（?）を終えたが、さてそれ以外のものというと、せっかく分化した地点からまたもとに戻ることになるのじゃないかと首をひねっていたのだが、休んでいるうちに、なに、もとに戻ってもいいじゃないかと考え出した。

要するに、自分なりの色調の世界を構築すればいいのである。さて、それでともかく精神的な態勢は立て直したが、何もしないという生活の甘美さは何物にも換えがたい。だいいち休筆宣言なるものが出ちまったので、今さらひっこみがつかない。

きょうも某誌の編集者が、雪の多摩丘陵の山路を車を押しながらやって来て談判。そんな宣言はどうでもよろしい、といってくれる。「いや、書きたくって書きたくってムズムズするのだけれど」と、こちらは大いに気を持たせ、「しかしやっぱりそういっちまったあとは、義理でも休まなきゃ男の顔がすたりますのでねえ」

書くと約束して書かなかったときの公約違反に、男の顔なんか持ち出したことはないのだから勝手なものである。

あげくの果ては雪見酒となり、話は散乱してしまう。

II

飲めば寝るゾ

ニッコリ笑えば人を斬るのが国定忠治で、酒を飲めば必ず寝るのが小生である。寄らば斬るゾ、ではなく、飲めば寝るゾ、だ。

これが小生と酒の関係における鉄のごとき物理的法則である。三十年近くこの物理的現象のもとに生きていると、逆に、寝るためには必ず飲まなければならん、という法則も生じた。

だから、睡眠十分前というと、それは飲んでいるにきまっている。

実に酒というものはおかしなもので、これがほかの麻薬とか香辛料などだと、これだけ長期にわたって常用していれば、だんだん量がふえてゆくのが習いで、酒もその分でゆくと、このごろは毎日四斗ダルでもあけなくちゃならんはずなのだが、ふしぎなことに、何十年たっても同じ量で酔っぱらう。それどころか、昔の半分か四半分で酔っぱらう。——実に奇態なものだ、などと感心しながら飲んでいる。

寝るために飲むのだから、徹夜の仕事をした朝食の膳にも酒を出させることもある。だから小生の胃袋は、たいてい食い物をいれたまま、ほかの全身につきあって睡眠にはいることになる。健康的にさぞよくないだろうと思う。

しかし、そんなに身体のことに気を使ってどうなるか。一般に健康法というものは、自分には有用かも知れないが、他人には有害なものである。なぜなら、人間はいかなる人間でも、その存在そのものが他人には有害だからだ。人間、死ねば、泣くのは数人で、その数倍の人間は内心ニヤリとするだろう。——

いや、正気のときは、こんなことは決して考えない。どなたの御逝去の報を聞いても、小生は心から哀悼の意を捧《ささ》げる。右のようなことを考えてニヤリとうす気味悪く笑ったりするのは、相当出来上ったときの酩酊《めいてい》時にかぎるので、すなわち睡眠十分前の思想である。

明治人

一時「明治人のバックボーン」という言葉が云々《うんぬん》されたことがあった。明治人にはバックボーンがあった。それにくらべて、いまどきの若い者は――というガイタンしたのはむろん自分を「明治人」とかんがえている人々である。

しかし、僕はこう思った。

「明治人」とは、明治時代に活躍し、いわゆる明治の古き良き時代を創りあげた人々のことであって、乃木大将にしたって、福沢諭吉にしたって、夏目漱石にしたって、それはたいてい文久とか慶応に生まれた人々である。自称「明治人」たちは、そこを狡猾《こうかつ》にすりかえている。僕自身は大正の生まれだが、大正人だとは思っていない。昭和人だと思っている。もし強いて世代論をいうなら、明治生まれの自称「明治人」こそ、あの未曾有《みぞう》の大敗戦をまねき、戦後においても滑稽《こっけい》なほどの醜態をさらした日本歴史上比類のない骨なしの世代ではなかったかと。

ただし、僕自身は、明治時代をそれほど「古き良き時代」とは考えていない。むしろいまの僕たちの感覚では、がまんしきれないほど陰惨で酷烈な時代ではなかったかと想像している。まあ、それだけ「ほんものの明治人」には、たしかに骨があったわけだ。

それは、彼らがなしとげたかずかずの偉業よりも、次のような文章を読むと、身にしみて感じられる。

「同一の客に対して、ふたたび同一の話説をなすことの恥ずべきは人みな知る。されど、客の交代するごとに本人のいうところまつたく同じくして、その妻傍にありてこれを聞くときは、妻たるものいかでか夫の知識の偏小にして思想の涸渇《こかつ》せるをいとわざらん。これ客に対する注意あることを知りて、妻に対する注意あることを知らざるに似たり」

代表的明治人たる鷗外の「心頭語」の一節である。

夫婦の仲に飽きのくるのを予防する心得としてあげられているものだが、「妻に飽かれないため」に、来客ごとに話題を変えるという技巧が必要であるとは——これは、技巧だけではない、驚嘆すべき大精神力を要する。僕などはとてもカナワンという気がする。

いったい来客ごとに同じ話題をしゃべっている夫を見て、細君は軽蔑《けいべつ》するものだろうか。それはあまり感心した図じゃないだろうが、「あら、またやってるワ」くらいで聞きながしてくれるものじゃないかしらん。

たとえ、細君がどう思っていようが、とうていそこまで気をつかっちゃいられない。それどころか、僕など弱点のさらけ出し放題である。いまの世の亭主族も、大半おなじにちがいない。

大半どころか、妻に対してこれほど気をくばる夫は、いまの日本に一人もあるまい。いや、明治時代だって、夫のすべてが妻にむかってこう構えていたわけではあるまいが、少くとも鷗外が一人いた。まさに鷗外は、日常これほどの緊張度を保っていささかもクタビレない人であった。そしてまたこういう文章をかいて共鳴を期待し得るような世の中でもあったわけだ。明治人、たしかに骨ありというべきだろう。

しかし、これは一面妻をいちだんと低いものとし、夫の権威の牙城《がじよう》を守ろうとする努力ともいうべきで、その努力は偉なりとするも、なんだかひどくヨソヨソしい。妻のまえに弱点をさらけ放題にしたいまのフニャフニャ亭主族と比較して、妻としてどっちが幸福か、かんたんに断定できないような気がするが、世の奥さま方いかが思召《おぼしめ》す。

私のケチな部分

お金のないのは困るが、私は、客観的に見て、金銭的には、標準よりもむしろ淡泊なほうじゃないかと思う。ひとはどう見るか知らないけれど、自分ではそう考えている。

それじゃケチなところがないか、というと、それはある。大いにあるけれど、これも自分では天地に恥じないケチだと思っている。

どういう点かというと、一言でいうと、物をムダにしたくない、ということで、いま自分で考えて見ても、どうしてオレはこんなリッパな精神の持主なんだろう、とわれながら驚くばかりである。これは戦争中、だれ一人知人のいない東京へ出て、酷烈無比の耐乏生活を強いられたのが、ちょうど二十歳前後だったので、骨髄までしみついてしまったせいだろうと思う。

例えば……例の塵紙《ちりがみ》交換屋、あれのくれるトイレットペーパーはあまり粗悪で使えない、と女房がいう。そんなものはもらわなくてもいいからとにかく新聞はやれ、と私はいう。出した古新聞古雑誌は、やがてまたトイレットペーパーになって必ずだれか使ってくれることになるだろう、と思うからである。実に感心な心掛けではありませんか。……

ところが、いまもういちど考えると、この度が過ぎて、オレは少し異常なのじゃないかと心許《こころもと》なくなって来た。

例えば、残飯残パンのたぐい、あれを庭にまいておくと雀や野鳥が来て一粒残さず食べてゆく。捨てればただ失われてゆくものを、あれでも彼ら何羽かの一日の糧《かて》になるのである、とキリストみたいに家族に教えていたが、あれは、何ですな、一握りまけば十羽来る、二握りまけば三十羽来る、ということになりますなあ。そのあげく、はては毎日数百羽、波状的にやって来るようになって、とうとう米屋から一番安い米を買って来て盛大にまく、という始末になった。

そこである日米屋に、いくら何でもどうも罰当《ばちあた》りな気がしてならん、と述懐したら、このごろはパン粉を大袋でいくつも持って来てくれるようになった。それだって雀用のものではなくお惣菜《そうざい》屋なぞで使うやつらしいが、それで庭に「バカ」と大文字で書いておくと、雀が「バカ」の字なりにならんで食べている。それを二階の書斎から双眼鏡で見ているのだが、もとは一種のケチから発した大出費で、どちらがバカだか、と雀は笑っているかも知れない。

それからまた庭の植木の支柱に使う何十本かの長い丸太ン棒、あれが何年おきかに地中の部分が腐るのをとりかえる。不要になったそいつを、モッタイないので短く切って、薪にして、夏、蓼科《たてしな》にある小屋の風呂《ふろ》用に使うことにしたのだが、東京から信州の山中へ薪りを運ぶ、とはこれ如何《いか》に。しかも、そんな重量物を運ぶ車のガソリン代を考えると、こりゃどう考えてもどこかオカシイのじゃないかと、不安になって来た。

三十年前の戦争で捕虜になった人が、初期の大苦悩のあと、ついに「こうなったらパンを一つでも沢山食ってアメリカの食糧をへらしてやる」という心境に達したと書いた戦記を読んで、抱腹絶倒したことがあったが、私のケチも、これは天下国家につながるケチだ、と自負していたけれど、何だかこの話と一脈相似した大愚行のようにも思われる。

坐る権利

さきごろの夏、私は汽車で蓼科へいった。季節が夏だから、中央線は大変な混みようだった。

——ついでにいうと、べつのとき、グリーン車なるものに乗ったら、車内放送で「グリーン車には立ち席はございません」とやっていた。グリーン車に立ってはいけないという注意だろうが、汽車に立ち席なんて言葉はおかしいと思う。芝居や野球なら立ち見席というのはあるけれど。

さて、そのときは立ってはいけないという車ではなかったらしく、一等車もいっぱい人が立っていた。そういうこともあろうかと、私はあらかじめ携帯用椅子を用意していたから、通路にそれをおいて、悠然と煙草を吹かしていた。この道具は、折りたためば手提鞄《てさげかばん》に入り、ぱちんとひらくと小さいけれど存外丈夫な椅子になる。これさえ持って歩けば、いついかなる旅行も安心である。

そして、車内を見まわしながら、「坐《すわ》っている人も立っている人も同じ運賃である。同じ運賃を払って、ラクにゆける人と、苦しがってゆく人がある。これは人生と同じだ。いちばん身近な具体例をあげると、いまの税制がそれだ。同じ収入がありながら、重い税金を払わなければならん人と、軽くすませることが出来る人がある」などと考えていた。

するとと、向うで何やら声高な押問答が聞え出した。切符を調べにやって来た車掌と、一人の娘がいい争っているのである。

どうやら彼女は、二等の切符で一等の席にちゃっかり坐っていたらしい。一等でも立つ人があるくらいだから、彼女ははじめ二等で乗り込んだものの、二等車の大変な混みようにに、すばやく一等車の方へ移動して、うまく坐ってしまったらしい。それを検札で見つかったのである。

「だからサ、何もあたしは二等でごまかそうといってるのじゃあないわよ。ここで一等に切りかえてちょうだい、一等の運賃は払うっていってるのよ」

「いや、それはいけません。はじめから一等の切符で乗って来られたお客様で立ってる方がたくさんいらっしゃるんです。その方のどなたかに代って下さい」

「どうして？　二等を一等に切りかえることは、許されてるんでしょ？」

「空《す》いているときならむろんいいんです。しかし、こう混んでいる場合は、やはりはじめから一等切符の方に優先権があります。すみませんがどうかお立ちになって下さい」

常識的に、車掌のいうことの方が尤《もっと》もだと私は思った。私なら、あわてて立つだろう。たいていの人もそうするだろう。

しかし、娘は立たなかった。彼女はどうやら大学生ででもあるらしい。四角な、気の強そうな、きっぱりとした顔つきをしていた。

「優先権？　鉄道法にそんな法律があるんですの？」

「え、法律？」

車掌はまごついた。娘は切り込んだ。

「二等切符を車内で一等に切りかえてもいいということになってるんでしょ？　あたしにもその権利はあるんでしょ？」

「ありますが、しかし……」

車掌と娘の押問答はつづいた。十分たっても二十分たっても、双方とも同じことを繰返しているばかりであった。

娘は立たなかった。しまいには、車掌は大声を張りあげた。それでも娘は立たなかった。

車掌は次第に弱気の表情になり、同情を求めるように車内を見廻《まわ》した。

すると、ちょっと離れた席に坐っていた老紳士が、たまりかねた風で立ってそこにゆき、車掌に代って娘に言いきかせ出した。

「君、そういうことはいけないよ。……」云々《うんぬん》。

要するに、車掌と同じことを訓戒しはじめたのである。車掌は、やれ助かったといった顔で、汗をふきふき退却していった。

問答は高くなり、低くなり、一時間も一時間半もつづいた。老紳士は立って話しかけているのに、娘は依然として坐ったままである。

「はい。……はい」

と、彼女は紳士の言葉にいちいち応《こた》えるが、すぐに、「しかしですね。……」と、猛然と、かつ意気屈するところなくやり返して、とどまるところを知らない。

はじめ簡単に娘の方に理がないと判断していた私も、だんだん動揺を感じて来たほどである。これは圧力団体の言い分によろめくのに似ている。圧力団体なるものにも理屈はあるのである。

――で、結局、この車中の問答のなりゆきはどうなったか。

娘はついに立たなかった。のみならず――驚きいったことには、そのうちにくたびれて肘《ひじ》かけの手すりに腰をかけてしまった老人と、まるでお祖父《じい》さんと孫娘みたいに意気投合してなごやかに、まったくべつの会話をはじめていたのである！

世の勝利者はたいていはこんなものだ。悪さかんなれば天に勝つ。めでたし、めでたし。

廃県置藩説

このごろしきりに「国民感情を無視している」とか「市民感情が許さない」とかいう言い方を見かけるようになったが、「待ってくれ、おれはその中に入っていないゾ。そうなれなれしく十把ひとからげにとり込まないでくれ」といいたくなることがある。議員の演説でも新聞の評論でも「国民は」と言うところはぜんぶ「私は」――少くとも「わが党は」「わが新聞は」とやってもらいたいと思うことしばしばである。むしろ全学連の「われわれはァ」のほうがまだ助かる。

つまり価値観の多様化で、これからは「十把ひとからげ」に対するストレスはいよいよがまんならないものになってゆくだろうし、それは日本にとってますます必要なことのように思われる。いまでさえ日本人は同じ殺気立った顔をして、同じドブ鼠色の洋服を着た一大集団として海外からぶきみに見られているのだから、少しばらばらにしたほうが、日本人の内部的ストレスと外国の不安感を解消する安全弁になるのではなかろうか。

といって、東西あるいは南北の二分裂国家ではかえっていがみ合うようになることは必然で、いっそ五十くらい、つまりいまの県単位に分けて、ゆるやかな結合体とする。いってみれば日本連邦か、あるいは日本合衆国か。

五十に分けたって一国あたり人口二百万で、ヨーロッパ諸国を見ても、このあたりが国家として種々の点でいちばん適当なところではあるまいか。いまの日本は収容しかねる学生の大群にマイクで講義しているマンモス大学みたいなもので、放っておけばいよいよゲバ棒騒ぎが盛んになり、内部の騒ぎならまだいいが、ゆくすえは必ず外へまた雪崩《なだ》れ出すようになることは予言してまちがいない。

そこで、今のうちに分割してしまう。五十くらいに分けて、それぞれの主義と趣味に従った法律を作る。

いまの野党は一つずつ国をもらって、自由に国立戒壇でもディクタツーラでも作ったらよかろう。しかし国民の主義と趣味はもっと多様で、だから選挙投げやり派が多いのだが、五十くらいに分けると、テレビのチャンネルのごとく、まあこれならと一応好みの国が見つかるだろうと思う。

眼中、私利のみあって国家なき大企業のおえら方及び働きたくて働きたくて週休二日制などになるとどうしていいかわからない人々は、みんな北海道へでもいって、そこで大いにヘドロを垂れ流してもらう。

帝国陸海軍を夢みる人々は佐渡島へでもいって、思う存分ミサイルを備えつけて核実験をやっていただく。

とにかく日本の罪をあやまりたいと悶《もだ》えるのが好きな方々は、九州の五島へでもいって、回教の祈りのごとく毎日西方へ土下座するのをその国の儀礼としたら満足だろう。ポルノファンはポルノ国を建設して国民総ヌードで大道でラジオ体操のごとくやったらよかろうし、ギャンブルファンは山口組の田岡サンでも大統領に迎えたらよかろう。

何でも揺籃《ゆりかご》から墓場までの総モタレ主義族、何でも補償を求める被害者意識族、何でも社用で飲みたい社用族、何でも一文句つけ投書したい説教族、テレビを三日見ないとノイローゼになりそうなテレビ族、人質作戦を国家最高の道徳とするハイジャックないし国鉄組合などのルール無視族、何でも秘書のやったことにする無責任族、男性復権族、ウーマンリブ族、それぞれお好きなように。ゴミ焼却場を作ることは許さないという人々も、お望みの一国を作ってやったらよろしかろう。

今でもデパートの包み紙を捨てるのに抵抗を感じ、軍歌とナツメロしか歌を知らない戦中派の一国も作ってやり、国営雑炊食堂に「米英撃滅、撃ちてしやまむ」と貼紙が貼ってあると、随喜の涙をこぼすかも知れない。家など建ててやらないで焼跡だけにしておくとかえって心安らかになるにちがいない。

それから是非恍惚《こうこつ》国を作る必要がある。――

こういう連邦の財政はどうするって？　なに、それぞれの特性を生かして、国家収入を得る法はすぐに見つかる。この老人国なども、例えば安楽死を法律で許して、他国からそれを志望して来た人から特別料金をもらうようにしたらいい。「家つきカーつきババアぬき」など宣言した連中は特別料金のまた特別料金とする。

以上、そんなことはまかりならん！　と眼をむく中央集権型人間は、人民全部が一人残らず官僚ばかりという国を作って、みんな威張りッこをしていたらよかろうと思うが、こういう国でも法でワイロは公認ということにすればちゃんと財政は成り立つ。

明治の日本は三百諸侯を廃して一大強国を作ったが、その結果、果して内外にどれほどの幸福をもたらしたか、もう一度廃県置藩にした方が、内も満足外も安心ということになりはしないか。

もっともこれを押しつめると一人一国となるよりほかはないが――左様、無個性の日本人は一人一国の心構えを持ってこそはじめて一大強国となり得るだろう――などいうと、何のために再封建説を述べたのかわからなくなった。

くせの話

なくて七癖という。人はだれでも、それぞれ癖を持っている。

ところで、癖とは何だろう？

そこでいま「癖」を「広辞苑《こうじえん》」でひいて見ると、一、かたよった嗜好《しこう》または習慣。二、いつもあること。きまり。さだまり。特徴。三、欠点。その他二つばかりあるが、ふつうにいうのは、この、一、二、の意味だろう。

世には、いろいろと奇癖の持主がある。私など、書斎でひとりで暮していることが多いから、そんな変わった癖を発揮する機会がない。いや、それほど妙な癖は持っていない、と、自分では思っていたが、やはり、あることはある。

習慣から来たものならわかるが、どうしてこんな癖が出来たのか、自分でもわからないことがある。

例えば、私は歯を磨いているとき、じっと洗面所に立っていることが出来ず、そのあたりを鶏のごとくむやみに歩きまわる。またネクタイをしめているときもそうである。家人にいわれて、気がついた。では、それほどセッカチかというと、ふだんは山椒魚《さんしょううお》のごとく、じっと動かないのである。

　歯磨きで思い出したが、男女に変な癖のちがいがある。それはチューブ類をしぼるのに、男は平べったい向きに押すが、女性はふしぎにそれと直角の角度に押すことが多いという怪事がある。こりゃ、どういう本能から来たものですかなあ？

　それから、私には近年妙な癖がついた。これは明らかに習慣から来たものだ。

　拙宅の庭には、芝が植えてある。

　いったいに庭に芝を植えるのは西洋の真似だが、ただ見たところきれいだから真似をしているわけではない。芝を植えなければ、庭が雑草だらけになるからである。だから、芝を知らない昔は、しかたがないから砂利《じゃり》をしいた。しかし、砂利は何だかお寺か神社のようで、やはり歩く感触も芝のほうがいいから、西洋の真似をすることになったと思われるが、しかしそもそも芝というものは、日本の風土に合うだろうか、と、私は疑問に思うことがある。

　それは、芝を植えても、やっぱり雑草は生えるからである。それから、その芝ののびが早過ぎて、夏など十日にいっぺんは芝刈をやらなければならないほどになるからである。夏でも日本の五月くらいの感触のするヨーロッパではこんなことはあるまい。

　さて、右に述べたように、芝を植えても雑草は生える。そこで、庭に出て、ちょっとでも草を見つけると、そのたびにすぐにとってしまわなければ、あとで始末におえないことになる。

そう承知していて、なおかつ追いつかないことが多く、この冬など、寒いものだからついぼんやりしていたら、春とともに雑草がいっせいに芽ぶき出し、みるみる猛烈に拡がって、とうとう全面的に芝の張り替えをやらなければ収拾のつかない事態となったが。——

とにかく、そういうわけで、庭に出ればヒョイと小さな草をとる習慣がついた。

そこで、例えば旅行に出て、旅館に泊る。部屋の前に、芝を植えた、ちょっとした庭があったりする。すると、そこへぶらりと出たとき、気がついて見ると、いつのまにかしゃがみこんで、草をとっているのである。

せっかく旅行に出ても、旅館の草とりをしているのじゃ間尺に合わない、と苦笑して立ちあがることがしばしばだ。

それからまた、可笑《おか》しい癖がある。

自宅で風呂《ふろ》にはいると、ガスをつけた外のカマから熱い湯が浴槽に流れこむ。私はいきなり熱い湯にはいるのがいやなので、はじめは温湯《ぬるゆ》加減にして、だんだん熱くなるのを待つ習慣である。そこで、穴から絶えず出て来る熱い湯をまぜるために、右手も絶えず動いてかきまわしている。

するとですな、これまた温泉にいって湯につかっていると、見わたすような大浴場にはいっていても、いつのまにやら天然自然に右手が動き出して、湯をかきまわしているのである！

それから、これは癖といっていいかどうかわからないが——元来、私は心は冷たいが足は暖かい男であった。そこで、冬でも家の中で、足袋《たび》、靴下のたぐいをはいたことがなかった。それどころか、冬、散歩するのに素足に下駄をつっかけて歩きまわるものだから、家人がみっともながるほどであった。しかし私は平気で、むしろそれを自慢にしていたくらいである。

ただ、冬の夜、机に向かって仕事をしているときは、いくらストーブをつけていても、素足ではさすがに寒いので、毛布をかける。

ところが、近年腰痛の持病を持つようになってから、あぐらはよくないといわれて、それまでの座机をデスク式に変えた。そして、椅子から垂らした足に、まさか毛布を巻くわけにはゆかないので、電気スリッパをつっかけることにした。

ところが、電気スリッパというやつは、こんどは素足には少々熱いような感じがする。そこで靴下をはくようにした。——

と、それ以来、昼間でも、それどころかいい季節になっても、私はふだん靴下をはく癖がついてしまったのである。寒中素足というせっかくの質実剛健な癖が、皮肉にも電気スリッパという保温道具のために破られてしまったのである。

人間ラスト・シーン

年のせいか、このごろ人間の最期の様相や最後の言葉に興味を持つようになった。それでいろいろと多くの人の死に方を記録したものがあれば注意しているが、その結果――たしか、トルストイであったか、

「人間の幸福のかたちは一様だが、不幸のかたちはさまざまである」

というような言葉があるが、同様に、

「人間は生まれるときは一様だが、死ぬときの姿は千姿万態だ」

と、あたりまえのことに感じいった。

また、総じて、人間はラクに死ねないものだ、ということも改めて感じいった。大長生《おおながい》きして、眠るがごとき大往生、というのがみな望んでいる死に方だろうが、それは多くは廃人同様になっているということだから、その間の排泄《はいせつ》その他の世話で、家族の苦労というものは悲劇というしかない。徳川夢声が晩年おしめをあてがってもらって、嫁女に、「ナサケないねえ……」とか、「恐れいりますなあ……」と、もらしたというが、その心中、思いやるだに哀れである。しかも、世話をしてくれる者があればまだしものことである。

たいていは、悲惨、凄惨《せいさん》、無惨の燐光《りんこう》にふちどられつつ、その死の姿は千人千様だが、その中でも私がいちばん心を打たれたのはフロイトである。

六十七歳で口中に白板症《ロイコプラキア》の症状を見て以来、二十二年間に三十三回の手術を受け、レントゲン、ラジウム照射の副作用による激痛に苦しみ、やがて白板症は悪性腫瘍《しゅよう》に転化し、上顎《じょうがく》、口蓋《こうがい》ぜんぶを除去して、人工顎《あご》、人工口蓋、総義歯をつけ、これをはめたり、はずしたりするのが、毎日の騒動であったといわれる。

しかも彼はこの間、患者の治療をつづけ、「続精神分析入門」その他多くの大著を書きつづけているのである。そして八十八歳で、ガンの悪臭を漂わせつつ死ぬまで、不撓不屈《ふとうふくつ》、その間ほとんど苦痛の声ももらさなかったという。その剛毅《ごうき》なガンとの戦いの偉大さは、彼の著書の偉大さに劣らない。

いちばん哀切の感をもよおしたのは、東海道五十三次の広重の、家族への遺書だ。

「……何を申すも金次第、その金というものがないゆえ、我ら存じ寄りなんにもいわず、どうとも勝手次第、身の納まりよろしく勘考いたさるべく候」

いかに多くの人が、愛する妻や子にこんな思いを残して死んでいったことであろう。いや、たいていの人間がこんな「無責任」な遺書しか残せないのだ、と考えると身につまされる思いがする。

最後の言葉にもさまざまある。

ゲーテの「もっと光を！」は有名だが、これは室内が暗いから「も一つ窓をあけて明るくしてくれ」といったのが、象徴的にデフォルメされたものらしいが、とにかくネルソンをはじめこれに類したリッパな最後の言葉もいろいろある。

中で、私がいちばんみごとだと感心したのは、日本人の勝海舟である。海舟先生いわく、

「コレデオシマイ」

まさに、「最後の言葉」のベストワンだ。

辞世もいろいろある。よくまあ、詩人歌人でもないのに、あんな事態にあんな辞世が出て来たものだ、と、感心するより首をひねることが多いのだが、ある人が「あれはちゃんと型がきまっているし、昔の人は、いつもそのために辞世を用意していたのさ」といった。しかし、必ずしも型にはまったものでなく、またあらかじめ用意していたとは思えない辞世もたしかにある。いったいどうなってたんだろう、と、私はいまでもふしぎにたえない。

それで、私も一つ、と、とんでもない野心を起した。ただしゲーテや海舟のような偉人でないことは論をまたないから、最後に枕頭に近づいた連中に、いちばんイヤな言葉を投げてやろう、と思い立ったのである。いつまでも耳に毒となって残り、夜々ウナされるようなやつを――。

そういう悪縁のある人間は別として、まあお見舞いにやって来て、帰るときにはパチンコなんかやってゆく程度の人には、軽いところで、

「これから、夜、おまえさんが便所にいったとき、下からオシリをなでてやるからね……」

というやつを考えていたのだが、どうもいつのまにかみんな洋式トイレになってしまって、その手が使いにくくなった。

何とか名セリフはありませんか？

しかし、こういう謀叛《むほん》気のある「お芝居」が出来るようなら、まだ人間、死にはしないのである。実際は、当人はこんなお芝居など思いもよらぬ、生きながら暗澹《あんたん》たる業苦の無明世界のうちに、息をひきとってゆくのである。

同名異人

明治十七年に、「名古屋事件」と呼ばれる事件があった。

その前後に、加波山事件とか秩父事件とか、日本のあちこちに勃発《ぼっぱつ》した自由党の暴動ないし犯罪の一つで、革命用の軍資金を入手するために数十回にわたって富家に強盗に押入り、はては、名古屋近郊の平田橋で警戒中の巡査二人を斬殺した兇猛《きょうもう》な連中があった。この一団二十余名の首領が、大島渚《なぎさ》という人物である。

結局彼は逮捕され、絞首刑になったのだが、彼は元博徒で、維新後は剣術の見世物や相撲の興行などもやっていたというから、さぞ容貌魁偉《ようぼうかいい》の壮漢であったろう。小説にすると面白いと思うのだが、さてこの名がどうも使いにくい。

やはりそのころ自由党の壮士で、最初にフランス革命を小説化して紹介したのみならず、壮士隊の黒幕となり、明治十五年の反政府運動「車会党」結成のお膳立《ぜんだ》てをした人物に、桜田百衛《ももえ》という男がいる。写真を見ると、叛骨《はんこつ》りょうりょうたる面貌《めんぼう》は江藤新平そっくりだが、サクラダ・モモエ、この名を小説に出すと、読者は作者がふざけていると思うだろう。

しかし、大島渚とサクラダ・モモエが共に痛飲して、フランス革命を論じたり、頬髯《ほおひげ》をそよがせ日本刀をひっさげて強盗に押入るシーンなど空想すると、何となく可笑《おか》しい。

それで私も、昔、やはり同名の錯覚による滑稽《こっけい》なことがあったのを思い出した。

終戦後間もないころだ。私は世田谷の三軒茶屋の路地に住む学生であったが、まだろくに食うものもなく、金もなく、よくひまつぶしに近くの古本屋にいった。そのころの日記を見ると、空白の日が多い。本も少くて、売ってくれず、金を出して何日か借りるのであった。

ある日、そこからまた何か借りていると、おばさんが、ふと、

「それはそうと、女優須磨子《すまこ》の恋はどうなってます？」

と、いった。

私はキョトンとしたが、すぐにそれは、そのころ撮影中だった映画の題名だと気がついた。それで、

「ああ、あれはいまやってるでしょう」

と、うすぼんやりと答えて店を出た。

道を歩いていて、この問答を思い出し、なぜおばさんがあんなことを訊《き》いたのかな、と考えた。当時、溝口健二が田中絹代主演で、衣笠貞之助《きぬがさていのすけ》が山田五十鈴主演で、同じく松井須磨子を主人公にした映画を競作中であることを、私も新聞の娯楽欄で見て知っていた。

そして――ひょっとしたら、おばさんは、私を山田五十鈴の弟か何かとかんちがいしたのかも知れない、おそらくそうにきまっている、と思い当って笑い出した。

本を借りるとき、帳面にこちらの名を書く。しかし私は、山田五十鈴の何とか、など相手をまどわせるふうなことは、ひとこともしゃべったことはない。汚ない学生服を着た貧乏学生で、顔は山田五十鈴の弟などと空想するヨスガもない。

そういえば山田五十鈴は、そのころやはり世田谷の、三軒茶屋ではないが、余り遠くない町に住んでいる、というような話は聞いたことがある。それにしても、である。いまだに私は、なぜ古本屋のおばさんが、ただ山田というありふれた姓からそんな突飛なことを思いついたのか、まるで見当がつかない。

とにかく、山田五十鈴の弟(?)などとまちがわれたのは、それがはじめてで、かつ絶後である。いま調べてみると、それは昭和二十二年の話であった。

蟹と大根

冬が来て思い出すのは、故郷の蟹《かに》の味噌汁《みそしる》である。

故郷とは山陰の但馬地方で、松葉蟹の名は御存知の方も多いだろうが、べつに子持ち蟹という蟹がある。

松葉蟹とオスメスの関係にあたるのか、それとも全然別種の蟹なのか、正式の名を知らない。とにかく山陰地方の海岸では子持ち蟹と呼んでいる。

この蟹の甲羅をはがすと、朱肉をかためたような色をした子の大きなかたまりが入っていて、その味たるやまさに天下の珍味だ。これを熱い味噌汁にしたてて、ふうふういいながら食べるのである。

ただし私は、但馬でも山国の方の生まれで、この蟹の味噌汁は小学校四年五年のとき或《あ》る事情で海岸の村にある祖父の家で暮しているあいだだけ食べたのだが、この年ごろ、たった二年の冬だけ食べたこの味噌汁の味が、いまに至るまで印象されて残っているのだから、よほどウマかったと見える。

いや、ただ記憶として残っているばかりではない。しばしば女房にその味を吹きたてて、ついにわが家でも「カニの味噌汁」を作らせるほどだったのである。

ところで、東京ではこの子持ち蟹は手に入らない。蟹は魚よりもイタミの早いもので、二、三度但馬から松葉蟹を冬急送してもらったが、それでももうおかしくなっていて、それ以来送ってもらうことはやめた。

それなのにわが家で「カニの味噌汁」を作らせたとは？

それが甚だおかしいのだが、なんと大根の味噌汁がこの蟹の味噌汁とそっくりの味なのである。蟹と大根、いくら考えても似ても似つかないものだが、事実、よくある大根を千六本に切った味噌汁が、ふしぎなるかな蟹の味噌汁の味と一脈も二脈も通じるのだからしかたがない。

「これだこれだ」

というわけで、わが家で、

「オーイ、カニの味噌汁作ってくれ」

というと、実は大根の味噌汁のことなのである。まるで落語の「長屋の花見」だ。

さて、先ごろ、この祖父の家から、私のいとこに当る青年が大学生として上京して来た。そして、しきりに故郷の食物を恋しがる。

「但馬の食物でいちばんウマいのは何だろうね」

と、青年期以後ずっと東京で暮している私はきいた。彼はたちどころに答えた。

「そりゃ蟹の味噌汁ですな」

そうれみろ、といった横眼で私は女房の顔を見た。

それから彼に、自分の体験談を教えてやった。「とにかく下宿のおばさんに大根の味噌汁を作ってもらえ。蟹の味噌汁と同じ味がするから。——実に奇々怪々なる現象だがね」

するとは彼は笑い出した。

「そりゃ但馬の蟹の味噌汁には、いつも大根が入ってるからですよ」

「?!」

——この話を思い出すと、いまでも笑い出さずにはいられないのだが、私が蟹の味噌汁に大根が入っていることを忘れていたのは、それを食べたのが料理などに注意力の稀薄《きはく》な小学生時代であったことと、せっかくの蟹の味噌汁に野暮ったい大根を添加するなど、いまの味覚常識では思いもよらなかったからである。

もっとも蟹に大根を加えるのは、たんに田舎趣味とはいえず、その地方の人の長い経験による知恵かも知れないが。——

とにかく私は、他人には通じない味覚を、長年女房に共鳴することを強制していたわけだが、それにしても舌の記憶は恐ろしいものだ。ふつうの記憶は忘れていることを、条件反射として舌がおぼえていたのだから。

このアイデアは推理小説のトリックとして使えるかも知れないと思い、いやこんなトリックの推理小説はもういくつもあったようにも思い、しかしその題名も忘れてしまった。そしてまた思うには、エジプトの或る象形文字を解いたら「近ごろの若い者は」という慨嘆であったそうだが、これと背中合わせの永遠の歌は「昔はよかった」という例のノスタルジアである。「明治節はいつもお天気がよかった」という古老のリフレインだが、あれはまさにこの蟹と大根にほかならない。

昔のものはほんとうにうまかったか

味覚についての古今の随想を読んでいて、あるとき二つのアイデアを思い浮かべたことがある。

まず一つは、昔の何とかいう食物、昔の何とかいう店はほんとうにウマかった、いまは味がおちた、というたぐいの文章である。

これは実にしばしばお目にかかる。例をあげれば、——

「東京は大地震でガクンとお菓子がまずくなり、今度の戦争で、またガクンとまずくなった。大地震まではあんみつなんという甘いが上にまた甘い餡《あん》を掛けたような不合理な菓子はなかった。あの頃から、甘さに対する味覚が下落した。そこへ持って来て、今度の戦争中砂糖に飢えさせられた反動で、日本人の甘さに対する舌が堕落して、救うべからざる状態に落ちてしまった」

小島政二郎氏の有名な「食いしん坊」冒頭の一節である。それでは、戦争前の食物がそんなにウマかったかというと。——

「夜、おそくなると、書生と牛飯というのを食いに行き行きした。いまでも浅草の観世音ちかくに屋台が幾つもあるけれども、汁が甘くて駄目になった。そのころはあんなに甘くなかった」

これは斎藤茂吉氏の「三筋町界隈《かいわい》」という随筆の一節で、これが書かれたのは昭和十二年のことである。

おそらく明治大正の味覚随筆を読んでもこれと同じ意味の文章があるだろうし、ひょっとしたら江戸時代のものにもあるかも知れない。西洋人の書いたものにもあるだろう。で私は、古今東西の文献から同趣旨の文章ばかり拾いあげたら、「このごろの若いヤツは」という文章とならんで、ゆうに一冊の本ができるのではあるまいか、と考えたのである。

しかし、常識的に考えて、そんなはずはない。原料も砂糖も調味料もずっと精製されているし、複雑豊富になっているし、いまの食物が昔よりもまずくなっているなどいうことは、科学的にあり得ないのである。

イヤ、その精製が気にくわないのだ、とおっしゃるむきがあるかも知れない。私にしても例の防腐剤とか着色剤など考えると首をひねりたくならないでもないが、昔だってどんな不衛生な混合物が加えられていたか知れたものではない。ただ、いまほど世間で騒がなかっただけである。

ただこれ鮮度を生命とする魚貝類にしても、海のすぐそばに住んでいる人は別として、ちょっと遠くなれば、車もなければ電気冷蔵庫もない時代、一般人がどれだけ新しいものを食べられたか。江戸の初鰹《はつがつお》だってアテにはならないと私は考える。

昔の食物はウマかった——という人が、べつのところで、昔のねじりん棒は、とか、昔の飴玉《あめだま》は、など白状しているから吹き出さざるを得ない。要するに、子供のころ、若いころに食べたものは、何でもウマかったのである。

あとになってから多分に粉飾された想い出で、それこそ人工着色するということもある。終戦直後、荒れはてた山河に幼少年時代を送った世代が、いまようやく人の子の親になって、昔はトンボがいた、カエルがいた。なのにいまの子供たちは、電気仕掛のロボットやプラモデルのおもちゃしかないのはふびんの至りである、などいい出しているのはその例だ。ひょっとすると、この人々はそのうちに、大豆カスの塩汁《しょっつる》こそ古今に絶する珍味であった、などいう随筆をものするようになるかも知れない。

もう一つのアイデアは、これも右の事実と相通じることとなのだが、古今東西の有名人が初めて「これはウマイ」と驚倒したものにお目にかかったときの印象記集である。

「誰しもいうことだが、初めてシュウ・クリームを喰《く》った時の驚異というものは、震天動地的なものである。こんなウマイものが世の中にあるかと思う。羊羹《ようかん》、最中、饅頭《まんじゅう》のたぐいは、弊履《へいり》の如く、蹴飛《けと》ばしたくなる」

これは獅子《しし》文六氏が十歳まで居住していた横浜の追憶談で、おそらく明治中期のことであろう。

「私は上京するとき、曾て東京にいた従妹《いとこ》が、東京へいったら、親子丼というものを食べて見ろ、それはおいしいものだからと教えてくれた。私は東京へ来てしばらくしてから湯島切通しの岩崎邸の筋向いにある小さい洋食店で、玉ねぎ入りの親子丼を食べた。それは、実においしかった。従妹の言空しからずと思った。私はその後も、金と機会があるごとに、同じ店へいって親子丼を食べたものである」

これは菊池寛氏の「半自叙伝」の一節だが、彼がはじめて上京したのは明治四十一年のことである。

初恋のごとく想い出の鍍金《メッキ》もあるが、何よりも若いころほど味覚が新鮮なので、このような現象が起る。事実、人間は老化するに従って、味蕾《みらい》という味覚細胞が急速に減ってゆくという医学記事を読んだ記憶がある。いわんや、入れ歯で食って、何がウマかろうはずがない。

末世思想はいつの世にもあるが、なに、御本人が末世だというだけのことである。

招かない訪問者

御多分にもれず、いろいろなセールスマンや勧誘員がおいでになる。めったに私は応対したことはないけれど、それでも家人が留守などの場合、何かのはずみで私が出ることがある。

「××銀行の者ですが。……」

どうか預金してくれという依頼に対し、それは前からの銀行があるし、それを変更する理由がない。銀行を複数にするほど金はないといったきり、相手が何をいおうと黙っている。相手も言葉に困って、

「先生はいつごろ御起床で、いつごろ御執筆で、一日に何時間くらい？」

などいい出す人がある。

「雑誌社ならともかく、そんなことを××銀行がきいて何にするんです」

と、こちらはにがり切っていう。

薄情なのではない。向うの立場はよくわかっている。

私の家のちかくにロータリーがあるが、朝、私が散歩がてらにそこを通りかかると、そ

こで十数人の青年を集めて、中年の人が訓示している風景をよく見かける。そして、「さあ、頑張って！」というような命令一下、同じ小さいケースをぶら下げた青年たちが四方に散ってゆく。それはセールスマンのむれである。こんな光景や、またじっとしているのも暑い炎天の日、また唇が紫色になるほど寒い風の日など、テクテク歩きまわっている姿を見、あの一人一人に親もあり、妻や子や恋人もあるだろうと考えると、ひとごとながら涙ぐましくさえなる。

だから、重々同情はしているのだが、だからといって要らないものは要らないのである。そして、その意志がないときに無愛想なのは、ちょっとでも取り合うと、たちまち食いついて来られ、双方にとって時間の空費となるからである。こちらはひまなことが多いから、時間の空費はかまわないけれど、無益なことをしていると、向うの成績にひびいて来るだろうという親切心からである。

中には、「先生のように高名な方に、是非とも、是非とも」など連発しつつ、熱情にみちて十数分しゃべりまくったあと、キョトンとして、

「ところで先生は……いったいどういうものを書いていらっしゃるんですか」

と、あまり利口じゃない質問を投げる人もある。こういうのは、こちらのジソン心を傷つけて、大いに損であると思う。何時間もしゃべるくらいなら、もう少し調査して来るがいい。

私は生命保険もみな断わる。

私は、生命保険はもうかれこれ二十年も前、百万円のものに或《あ》る義理で入っただけだ。そのことを、新しく勧誘に来た人にいうと、みんな大嘲笑《ちょうしょう》の顔になる。

「たった百万円！　いまの物価で、死んで、たった百万円！」

そこで、私がいう。たった百万円というけれど、二十年前に入ったときは、その掛金を払うのに決してラクではなかった記憶がある。それが今や、たった百万円である。

いまあなたは三千万円とか五千万円とかに入れという。掛金が安いなら十億円でも入るけれど、とにかく現在の物価で大苦労して払って、十年もたつとまた「たった三千万円！」と大軽蔑《けいべつ》の調子でいうだろう。むろん生命保険というものは不時の死に備えるためのものであることは充分承知しているけれど、それにしても保険会社は、現在時点の貨幣価値で充分儲《もう》かる高率の掛金を持ってゆき、何十年かたってからタダのような金を返すことになるのではないか。だから金が余っちゃって、持て余して、ぜいたくな劇場など作るのではないか。

「外国は知らず、明治以来インフレ推進政策をとっている日本という国では、生命保険はサギだ」

と、私はいう。

しかし、こうまでムキになって相手になるのは、やはり愚行だ。ただ「ノー」といって黙っている方が賢明である。

少し古い話だが、今でもチョイチョイ話を聞くことがあるので、まだやってるのかと思うのは、例の外国の百科辞典のセールスマンのやりくちだ。

最初はひっかかった。

夜、寝ていると、妻がやって来て、「子供の英語の教育について、ちょっと話を聞きたいって人がいらしたんだけど……」と、ものものしくいう。

私は夕食後いちど寝て、真夜中から起きる習慣である。このときの眠りをさまたげられると、起きてからサッパリ仕事にならないので、天から槍《やり》が降っても起してはならぬと申し渡してある。しかし、そういう用件では起きないわけにはゆかない。

客間に下りてゆくと、若い男が床の間を背負って、大きな顔で坐《すわ》っている。話をすると、数分のうちに正体がわかり、「なんだ、あなたは百科辞典のセールスに来たのじゃないか」と、憤然として追い出した。果せるかな、その夜の仕事はさっぱりで、あとの都合に重大な支障を来たした。

また夏の或る午後、一人留守番をして風呂《ふろ》に入っていると、ブザーが鳴る。身体をふくいとまもないほど気ぜわしく呼びたてる。そこで、タオルで前をかくしただけの濡《ぬ》れた身体で駈《か》け出して、玄関のドアの内側に立ち、

「今、みんな留守なのですが。……」

「みんな留守？　留守ったって、あなたがそこにいられるじゃないですか」

「僕はいるけれど……透明人間みたいなもので……とにかく留守なんだ」

こんな押問答を数分間くり返し、向うはついにカン高い声をふりしぼり、

「とにかく、そこをあけて下さい。訪問者があるのにドアもあけないとは失礼じゃないですか」

と、いうような意味のことまで口走る。

「君はいったい何者だ」

「ドアをあけて下されば申します。とにかくあけて下さい」

それがあけられないのだ、裸である、ということも言えない。そう返事をして、もしセールスマン以外の歓迎せざる訪問者であって、無理に押し込んで来られたら、女性でない私といえども抵抗に弱味を感じる。いったい、ひとを突然訪問して、家人はいかなる状態にあるかもしれないということに気を使わないのは、そちらこそ失礼ではないか。

しかし、このときの訪問者が、外国百科辞典のセールスマンであったことはほぼまちがいない。というのは、応答の間にまじえる英語が、そこのセールスマン独特の、その部分だけ正確な——カナダをキャナダと発言するごとき——日本人にはキザで耳ざわりな英語訛りの英語であったからである。

それからまた、同じ招かない客でも、決して無愛想に追っ払うことの出来ない人もある。

それは集金人である。

ところで――これを機会に天下の泥棒諸君に広告しておくが――特別のことでもない限り、うちには女房の財布にあるだけしかお金がない。だから妻が外出するときには、ほんのそこらへ出かけるときでも、忘れないでお金を置いていってくれといってあるのだが、うっかりしてそれを忘れて出かけることがある。いつか、私一人でいるとき、どうしても九十五円払わなければならないことが出来《しゅったい》した。

それがない、と弱り果てていうと、

「あなたが御主人ですか」

と、集金人はジロジロと見ていった。

「そうですが。……」

「あなたが山田風太郎さんですか」

「そうですが。……」

「それが、お宅にいらして、九十五円ないのですか」

「そういうわけです」

集金人は、私から門や玄関や屋根をゆっくり見まわして、陰気な顔で立ち去った。

麻雀血涙帖

頰につたふ
なみだのごはず
一握の牌《パイ》を示しし人を忘れず

マージャンをおぼえてから、指折り数えてみるともう二十五年になる。手ほどきしてくれたのは高木彬光《あきみつ》さんだった。

いったい、私は、何事でも、やりたくないことはやりたくない、という消極主義で、たとえ何かやりたいことがあっても、そのための訓練が必要だ、というなら、訓練というやつはあまり面白くないものだから、それで億劫《おっくう》になって手をひっこめてしまう。

考えてみると、子供のころから、ひとが将棋や碁をやっているのを、ふところ手をして遠くから見ているだけで、一向にそれをやって見たいとも思わなかった。べつにまじめなのではなく、その遊び方を学ぶ段取りが面倒に感じられたからだ。ゴルフも然りで、とにかくコースに出られるだけの程度に達するまでの練習が面倒なので、これも結局御免こうむった。将棋やゴルフならまだいいけれど、同じでんで受験勉強というやつがきらいで、それは受験勉強の好きな人はあるまいが、私の場合は、いやなことはやらない、という性癖が、そのころから相当に重症であったので、その罰はテキメンであった。

そして、いまでも、概していえば、世の中に好きなことはあまりないから、ただゴロゴロ寝てばかりいるという始末になる。

その小生が、マージャンだけは、相手が来ればムクムクと起きあがって、ニコニコして卓を囲む。

その点、私はこれを教えてくれた高木さんに感謝しなければならない。その手ほどきは実に簡明巧妙で、私はマージャンを知らない人に、とうていああはうまく教えられない。

――作家には、まかりまちがうと教師になれるタイプと金輪際なれないタイプがある。私は後者だが高木さんはまさしく前者だと、マージャンの教え方で作家のタイプ論が頭に浮かんだほどである。

もっとも、とにかく三個をもって一組を作るという一つの基本型さえ知っていれば何とかなるという、とっかかりの極端な単純さが、私の横着な性癖にもマッチしたのであろう。で、はじめは夜も昼も熱中した。すぐに徹夜が慣《なら》いとなった。イーチャンやリャンチャンくらいでやめるのを、チッ外射精と称した。

そのころ、私の最初の先生たる高木さんがやって来て、早速やりはじめたが、夜十時ご

ろになったら、この人は相当な豪傑だから、

「じゃ僕は原稿の仕事があるからこれで」と、さっさと帰ってしまった。おそらく徹夜でやるなど、てんで頭の中になかったのだろう。

あと、私をふくめて三人は、途中でチッ外に放り出されたような顔を見合わせるばかりだった。あと一人、呼ぶあてはないし、たとえあったとしてもそれが来てくれるまで待っているのもたえられない。そこで、もう寝ている――まだマージャンを知らない女房をたき起し、急遽《きゆうきよ》三個をもって一組を作るということだけを教えるという特訓を施して続行したが、そのうち、そのころ生まれて間もない赤ん坊が隣室で泣きはじめる。これを帯で背負わせて、背中でそっくり返って泣くのをゆすりながらやらせるという、見るも涙、語るも涙の貞女の鑑《かがみ》を強《し》いたこともある。

真剣になりて牌もて卓を打つ
男の顔を
よしと思へり

そのうちますます盛大となって、ある年など、暮の三十日に集まったのが、正月の二日に散会したなどということもあった。

二卓で十人ほどだから、むろん交替で休めるのだが、休みになっても寝ないでうしろから口を出して騒ぎたてているものだから、四日目の朝になると、みんな顔色憔悴《しょうすい》してひげぼうぼう、この世の人間とは思えないありさまになってしまった。

「こりゃもう極楽じゃない、苦行だなあ」

と、だれかが嘆声をあげるのを聞いて、私もさすがに慄然《りつぜん》として悔いるところがあり、

「やはり、これは亡国の遊戯でアル。もう少し健康的な、君子の遊びをやろうじゃないか」

と、提案した。

そこで、こんどはみなで釣りをやろうということに相談一決し、やがて一同、釣り道具、釣り衣裳《いしょう》を整えた。そして、某月某日、外房のある釣り場へ出動した。

ところが、あいにくの雨である。しかたなく船宿でマージャンをやりはじめた。一日たっても雨はやまず、翌日とうとう釣りはいっぺんもやらずに東京に引揚げて、あっけらかんと解散するのはあまり馬鹿馬鹿しいので、またマージャン屋に繰り込んでやりはじめ、そのうちカンバンになって追い出されたので、またまたうちへ連れて来て、チー、ポン、カーン、を続行するという破目になった。――まるで漫画である。

　釣り道具一式は物置に放り込んで、それっきりである。——ただし、このひょうたん的発端は、その後、馬だかなまずだかを出して、たしか故林房雄氏を会長とする釣りの会となったそうだが、その消息はよく知らない。

これだけ熱心にやって、それもおぼえたてのころはむしろ強かったのに、その後だんだん弱くなって来たのは奇怪千万だが、考えて見ると、これは酒その他の能力の衰退と符節を合している。

わが家には、「麻雀人別帳」と題し、昭和三十六年六月以来のわが家におけるマージャン成績表のノートがある。実はそれまでのほうがもっと盛大であったのだが、このころから成績表を残すという気を起したらしい。やってるときに書きこむ成績表は汚なくなるので、あとでこれをノートに清書したのだが、この作業も馬鹿馬鹿しくなって、三十八年三月で終っている。ただし、以後の未清書の成績表も、汚ない紙のまま積んではある。

で、その清書した分を見ると、通算二十ヵ月に八百四十チャンやったことになっている。一ヵ月あたり四十二チャンである。一チャン一時間として、八百四十時間、すなわち夜昼ぶッ通しに三十五日間やった計算になる。

見ると、大体において小生の成績はかんばしくない。このころから早くも衰退を始めたようだ。

むやむやと
口の中にてたふとげの事を呟《つぶや》く
聴牌《テンパイ》の男

弱くなった理由は、いろいろあるだろう。第一は右に述べたような、体力気力の衰退。——それを痛感するのは、たとえちょっとツイても、そのツキが必ずすぐに去ってしまうことで、私はこれを「早漏」と呼んでいる。いつのころからか、「わッ、今夜もまた早漏か!」と心中に悲しき叫びをあげるのが常態となった。それにこのごろは、捨てまちがい、多牌《ターパイ》、少牌《ショーパイ》をやることおびただしく、先日など、二、三巡して何だか多過ぎるようだとよくよく眺めたら、なんと十七枚取り込んでいたのには驚いた。

次に、こっちがあくまで家庭マージャンの域から出ないのに、相手の面々——編集者の諸君が、当時からブームとなった学生マージャンで鍛えられて、百戦練磨のつわものとして来襲しはじめたこと、等。

家庭マージャンといっても、べつに家族とやるわけではない。ただマージャン屋じゃなくわが家でやることが多い、という意味だが、それにしても血の小便をたらすような修羅場を踏んだわけではない。

いや。——あります、あります。血の小便をたらしたことがあります。

ある冬の夜のこと、寒風の中を、銀座のバーを練り歩いたことがある。その翌日ごろから全身に熱感をおぼえ、食欲がなくなり、小便が完全に出ないような感じになった。はてな? と首をかしげていたところに、前々からの約束通り、マージャンのメンバーがおしかけて来た。

それで、やりはじめたところ、急速に、尿意頻数《ひんすう》、尿意促迫という状態になった。とにかく三十分おきくらいにトイレにゆかねばならず、しかも途中から間に合わなくて廊下にこぼしながら走るというありさまである。さらに小便は、次第にオレンジ色から鮮紅色になった。まるで血そのものを流し出しているような怖ろしさである。そのころ中学生だった娘が驚いて、

「お父さん、セイリじゃない？」といった。しかし、代役がいない以上、マージャンはやめるわけにはゆかない。

どうやら寒気と暴飲のため、急性ボーコー炎を起したらしい。当人の悪戦苦闘もさることながら、これではほかの三人も、オチオチやってはいられない。その夜は強豪相手ばかりであったのに、珍しく大勝した。

朝になって、熱い狐うどんを食いながら、「サンマは目黒にかぎり、マージャンは血尿をシタタラせながらやるにかぎる」

と、いったら、三人とも憮然《ぶぜん》としてうどんを口に運んでいたが、図に乗って、「これがほんとのケツネウうどんだ」と、いうと、一人が、わッと油アゲを噴き出した。

こういうわけで、文字通り血の小便を流しながらマージャンをやったことはあるが、マージャンをやったために血の小便を流したわけではない。

それに、私があまり勝てないべつの理由は、テンパイすると判で押したようにリーチをかけるというやりかたにもある。ヤミテンというやつは何となく気にくわないので、ほとんどやったことがない。これではやすやすとアガらせてくれるわけがない。

確率も何のその——最後の一枚の可能性にかけてリーチをやる。自分としては運命に賭《か》けているつもりで、そこがマージャンだけのダイゴ味であると信じている。

マージャンという遊戯には、たとえ金を賭けなくても、本質的に賭博《とばく》性がある。

男と生まれ男と交り
負けてをり
かるがゆゑにや秋が身にしむ

勝敗は度外にある、というと負け惜しみのようだが、あながちそうでもない。その証拠に、実は私は、マージャンの点の数え方をいまだに全然知らないのである。勝負を争う人間にはあるまじきいい加減さである。

私は少年時代から、なぜか「変ってる、変ってる」とよくいわれて、それが決していい語感でいわれているのではないので、だんだん変人恐怖症になって、平生でもなるべく尋常であろう、ノーマルであろうと意識して暮して来た。昼夜逆転など商売上やむを得ない生活形態は別として、奇癖怪癖のたぐいはないように努めて来た。

しかし、むろん全然ないわけではない。先日家内から、終戦以来私が皮靴を二足しか買ったことがないと注意を喚起されて苦笑した。靴をはいてゆかなければならないようなところへはなるべく出かけず、平生は下駄かズック靴で散歩しているから、ついそういうことになったらしいが、戦後三十年に皮靴二足しか買ったことのない人間は、日本じゅう私以外にはまずなかろうと思う。

そのとき妻に向って、「しかし、オレには、それ以外にヘンなところは一つもないぞ」と力説したが、残念ながらもう一つありました。マージャンをはじめて二十五年、まだ点の数え方を知らないというのも、やっぱりヘンな話にはちがいない。

おぼえようとしても、先に人が計算してくれるので、それにまかせてしまうのである。それでも、ふり込んだときは余りに高く、アガったときは余りに安いと思うことがあって、おそるおそる抗議を申し出て見ると、いとも簡単に訂正されることがままあるけれど、しかしもともとはこっちが悪いのである。さっき家族とマージャンはしないといったが、教えてやろうにも、手作りは知っているが、なにしろ点の数え方を知らないのだから教えようがないのである。

もっとも阿佐田哲也《あさだてつや》さんによると、点の計算以前に、小生が果して役を全部知っているかどうか疑わしい、とのことで、そう見えるところもあるらしいが、四半世紀やってまだそんな風に見られるとは、何とも情けない。

さて、こんないかがわしい男のマージャン談だが、それでもとにかく二十五年もやっていると、いろいろ悟るところはある。

いったい人間は年が寄ると例外なく説教好きになるものだ。たとえばここに大都市近郊の大百姓の子がいて、これがなんの能力もなければなんの努力もせず、ただ土地の値上りでグータラグータラ遊び暮して、さて中年になったとする。こういう男が、果して若い人に臆面《おくめん》もなく説教するか。――これが、小生、おごそかな顔をして、やっぱりやると思いますね。

それと相似た私のマージャン格言であります。王道に奇策なく、それはごく平凡なことで、マージャンに勝つには、何よりもまず負けない法をこころがけるべきだ。

下らなき手にてあがりてよろこべる
男あはれなり
初秋の風

その第一は、ツカないと知ったら、絶対にガメらないことである。歯をくいしばって、ただ打ち込まないことに専念すべきである。――いうは易く、行うはかたい。「金があっても使わないことと、つかないマージャンに隠忍することは、人間の精神力を必要とする二大問題である」という格言を私は作り出したが、それほどこのことは難しい。

ムヤミにホンイチなど作ろうとしていることに気がついたら、危険信号である。ついでにいえばホンイチというのは、見た目がきれいなわりに実質はそれほどでもない。そこで「美人好みはホンイチ狙いだ」という第二の格言が生まれる。

その第三は、ややツイているときも、「百の勝ちを求めず、九十の勝ちをもって勝ちとせよ」ということである。信玄もそんなことをいってましたな。とはいえ、私が何かといえばすぐリーチをかけることは、前にしるした通りである。

しかし、以上はあくまでも負けない法であって、これでは決して大勝しない。大勝するには次の二条件が必要である。

つまり、その第四として、気力充実していること。――しかし、これだって結果論で、勝てばだれだって気力充実して来るし、負ければだれだって意気消沈してしまうものだが、そこをなんとか人工的にファイトをかきたてるように、コンシンの努力をしなければならない。

マージャンの途中で居眠りするなどは沙汰《さた》の限りで、そんな人があると私は、「トイレに便器洗い用のブラシと硝酸液があるから、ひとまずそれで顔を洗って来なさい」と叱咤《しった》する。

さらに大勝するためには、第五としてこの人工的ファイトの域を超えて、無念無想、卓上パイなくパイ下に卓なし、という境地に入らなければならん。おれはツイてるな、ということを意識したら、もう久米の仙人のごとく下界に転がり落ちる。金や女や、あしたの仕事のことなど考えるのは以てのほかで、いわんや勝ち過ぎて相手にレンビンの情をもよおすなどということは言語道断である。

——と、以上、頭ではよくわかっているのだが、私自身はかつてツカないときにガメらなかったことはなく、パイ禅一如の恍惚境《こうこつきょう》にはいったことは数えるほどしかない。実にマージャンは、人生よりも人生的であると痛感することがしばしばである。右の五つのジャン法にしても、いかにいわゆる「この世で出世する法」に通じていることか。——そして、その実行が至難であることまで、いよいよもって人生に似ている。

しかし、似ているだけであって、あくまでこれは人生ではない。私は、野球とか将棋とかの名人達人が、その秘訣《ひけつ》をもって人生にクンカイをたれるたぐいのことを、少々馬鹿馬鹿しく考えている人間である。それはその道だけの秘訣に過ぎない。

人生は、野球や将棋やマージャンほど純粋ではない。だから、それだけ、こういうレクリエーションが愉《たの》しいといえるのだ。人生と同じだったら、レクリエーションにはならない。

泣くがごと首ふるはせて
手の牌《パイ》を見せよといひし
男もありき

しかし、現実に役に立つこともある。それは健康にいいということである！

このごろ何とか健康法というやつが百花斉放、私だってピーナツの十個もくれれば、ミミズだろうがゴキブリだろうが、それをたねにもっともらしい健康法を一冊書いて見せる、と笑ったことがあったが――ここまで書いて、ある週刊誌を見たら、ついに「下駄健康法」というのも出現した！　この筆法でゆくと、マージャンだって健康に役立たんでもない。

私は、酒は五十利あって五十害あり、煙草は十利あって九十害あり、という持論だが、その酒の害のうちにはむろん健康上の問題があって、その害は主として酒の連用から来る。ときどき大酒を飲むより、毎日の晩酌のほうがよくないのである。その連用を断つためにマージャンをやるのだ。

むろんマージャン中の食事に盛大に飲むどころか、やりながらウイスキーを離さない人もあって、それは人さまの御自由だが、私自身は、それをやると大味なマージャンがいよいよ大味になるので、原則として、マージャンの夜だけは飲まない。私にとってはこれが酒の連用を断つただ一つの法となる。

次に、睡眠不足の解消にこれ以上偉効を発揮するものはない。四十八時間くらいマージャンをやると、あとは死んだようになって、私は十八時間ぶッ通しに眠りこけたことがある。起き上ったときは体内の血液全部入れ替って、新しくこの世に誕生して雨後の青空を見たような気がした。あえて不眠症の現代人に、健康法として徹夜マージャンを勧める。もっとも某新聞の「あなたの健康法」という電話アンケートにこの法を答えたら、「そんなのダメですよ」と電話を切られたことはある。

ともあれ、これほど底なしにむなしく、これほど底なしに面白い遊びを発明した人は、ノーベル賞に値するどころか、釈迦《しゃか》キリスト以上に偉大であると思う。同時にまた悪魔の大頭脳を持った人間である。よくもまあ、こんなからくりを考えたものだ、と感じいるとともに、

「マージャンを創造した中国人と、原爆を発明したユダヤ人と、税金申告の計算法を考案した日本の大蔵省の役人は、人類最大の悪魔的頭脳である」

という格言が生まれた。どうも私はマージャンの話になると、格言だらけになる。

それにしても二十ヵ月で三十五日間という割合を、テレビリサーチ式に二十五年に拡散してみると、まるまる昼夜ぶッ通しで五百二十五日間マージャンをして暮したことになる。そのあとの失神的睡眠もいれると、まる三年間だ。これほどむなしいことに、これほどの

時間を割《さ》くのは、相当にキョム的な人間じゃないと出来ないと思うのだが、それが案外そうでもなくて、私はともかく、私の相手になったひとびとは、終るとすぐに元気よく会社に出かけてゆくから、人間とはいよいよタンゲイすべからざるものだと感じいって、見送っている。

わが為さむこと世につきて
ながき日を
かくしもあはれ麻雀をするか

春愁糞尿譚

私はいま多摩丘陵の一つの山上に住んでいる。多摩丘陵というのは、全体としてどういう形で、どの程度にひろがっているものかよく知らないが、少くとも私の住んでいる丘は独立していて、一キロ余下ると、どの方角にでも麓《ふもと》に達し、丘をめぐること四キロ余で一周出来る。

丘の上り下りをいれると六キロ余となり、万歩メーターで計ると、ほぼ万歩に当るのではなかろうか。実は万歩メーターなるものは、どこからか頂戴《ちょうだい》して、ときどき装用して散歩することはあるけれど、以上の距離は、いちど車で一周してみて、そのメーターで知った結果であって、徒歩で計ったことはない。車で走ってみて、一口に万歩というけれど、いや毎日のこととなるとこれは大変なことだな、と長嘆したっきりである。

だから、ふだんの散歩は、ただ丘の上の住宅街だけですませるか、あるいは丘の上り下りだけで御免こうむることにしている。

ところが、去年の春のことである。

珍しく丘を下り、それをめぐりはじめた。——まさか一周するつもりはなかったが、出来るだけ歩いて見る気になった。丘を上下する道は八方にあるから、クタビレたら、どこからでも帰って来ることが出来る。

そういう気持になったのは、やはり春に浮かれてのことである。罰当りな性分で、この世に生まれて、ああ、ありがたいと思うことはほとんどないけれど、ただ三月の末から四月にかけては、なんとこの世は美しいものだろう、という感激に打たれないわけにはゆかない。木瓜《ぼけ》、れんぎょう、木蓮《もくれん》、芝桜、それに真打ちの桜が、丘の上の住宅街、丘の下の川のほとりなどに、次から次へ、撩乱《りょうらん》と咲きつづく。

で、私は「わが散歩道の花々」ともいうべきものをアルバムに加えてやろうと思い立って、カメラを肩にかけて出かけたのである。ついでに、ちょうどそのころ、春の高校野球か、プロ野球のデイゲームかがあって、それを聴くためにトランジスタラジオも用意した。

さて、そのラジオを聴き、花々を撮りながら、丘の下の道を廻《めぐ》り出した。――と、そのうち、ふいに便意をおぼえ出した。しかも、大きい方の、である。そこで私は急遽《きゅうきょ》、帰還にかかった。

ところが、その日、私は右の次第で、家から最も遠い地点に達していたのである。

「イヤ、コレハ、イカン」

歩きながら私は、次第に狼狽《ろうばい》して来た。最初の自覚症状は軽いものであったのに、急速にそれは切迫して来たのである。近くに知り合いの家はない。喫茶店などもない。とはいえ、これが全然別の遠い町ならそれなりに覚悟もしたろうが、とにかく、一キロ歩けば自宅に帰れる距離なのである。私は泳ぐように歩きに歩いた。さすがに多摩で、ところどころ畑も見え、蝶《ちょう》も舞っているが、いざとなると適当な場所はない。だいいち紙のたぐいも携帯していないのである。人間、入るべきものが入らんのも辛いが、出すべきものが出せない苦しみはそれに数十倍する。

もう「わが散歩道の花々」どころの騒ぎではない。私はカメラをはねあげながら、駈《か》け出した。——

ところが、道は上り坂である。十何年か前、ここに住みついたときには何の苦もなくスタスタ上れた道が、近年はあまり早足で歩くと息切れを感じるようになっている。心はやたけにはやるけれど、身体がいうことをきかない。いや、そのうちに、走ることにも危険をおぼえる状態になった。

切れなんとする息をつめ、冷たいあぶら汗をにじませ、全身の緊張を一点に集中して、山上の住宅街を上ってゆくうち、家へあと数百メートルという地点で、ついに臨界に達した。

それでも私は、せめて何とかガスだけでがまんしてもらおう、と所在の筋肉に切願した。

ところが、五秒、三秒、一秒……ズドドドーンと爆発したのは、ほんものであった！

「ヤッタ!!!」

その刹那《せつな》、私はむしろ会心の笑いを浮かべた。

――少年のころ読んだ山中峯太郎の熱血小説に、「あやうし!!　今こそあやうし!!!」とか「やぶれたり!!　日東の剣侠児!!!」などいう言葉がしょっちゅう出て来た。この!!!を、何とか一生のうち私も使って見たいものだと熱願しながら、何となく気がひけて、いままでついに使う機会がなかった。それを今!!　今こそ!!!　ここに使うことが出来て、実に漆《しっ》桶《とう》を抜くがごとく欣快《きんかい》の至りである。

こうなりゃ、もうヤケのヤンパチである。私は心ゆくまで思いのたけをはらすことにした。不幸中の倖《さいわ》いで、それはあまり軟質のものではなかった。で、それは熱泥をハンモックに吊《つ》り下げたような按配《あんばい》となった。

弛緩《しかん》した笑顔で歩いてゆくと、向うから老人が現われた。道で逢《あ》うと、いつもひとなつこく話しかけてくる近所の老宗匠である。それがもう私を認めて笑いかけて来る。――私は狼狽し、しかし顔はニタニタしたまま、くるっとあぶないところで横の路地へ折れた。

帰ってみると、倖い家人は買い物にでも出かけたらしく、家の中は無人であった。私は浴室に駈け込んでシャワーを浴び、下半身の衣類はすべて裏庭の焼却器に投げ込んで火をつけた。そして、中の光景を想像して、いつか羽田空港の食堂で食べた焼けつくほど熱いウナタマ丼を思い出したり、また、ヤケクソという言葉は、こういう事態から発生したものではなかろうか、など、考えたりした。

そのまま私は何くわぬ顔をして澄ましていたが、そのうち帰ってきた家人が、ズボンが変っているのに気がついて尋ね、私はついに右の次第を白状した。

その結果、家人はこんな話をした。

いつか四ツ谷駅の陸橋を渡っていると、どうやら結婚式の帰りらしいモーニングの立派な紳士が、そばに引出物を積んだまま、人々のゆきかう陸橋の上で、盛大にオヤリになっていたのを見たことがあるそうだ。……そういう事態にたちいたるまでの紳士に、私は満腔《まんこう》の同情を禁じ得ない。

人間、勝手なもので、あとになると可笑《おか》しさばかりがコミあげて来る。

その夜、寝ていて、またこのことを思い出し、あの宗匠からのがれるチャンスがなくて立ち話のほかはなくなっていたらどうしたろう。

「こんにちは。いや、いい陽気になりましたなあ」

「空はウララカですなあ、一句、どうですか」

などニコヤカに話しながら、下半身のほうは盛大に作業続行中である。……と考えたら、ふいに真夜中ゲタゲタ笑い出して、しばらくそれがとまらなかった。

あくる日、また性懲《しょうこ》りもなく、またカメラとラジオを肩にかけて出かけようとした。こ

んどは万一にそなえて紙も用意した。ついでに、

「きょうはちょっと遠くまでゆくから、水筒でも持ってゆくか」

と、いったら、家内が、

「子供があかん坊のころ使った便器が物置にあるはずだから、それを背負《しょ》ってゆきなさいッ」

と、命令した。

右肩からカメラ、左肩から水筒、首にラジオ、背中に便器、腰に万歩メーターといういでたちで散歩とはこれいかに。それに酸素吸入器と日の丸の旗でも加えたら、まるでヒマラヤ探険隊だ。

それ以後、やって来る知人に、何かのはずみでこの悲話を物語り、

「どうも、もうナガクはないいな」

と、憮然《ぶぜん》とすると、これが意外にも、若い人でもみなこれと大同小異の体験談をお持ちのようである。

中には、自宅から会社までの国電の駅のトイレの位置を全部たしかめてある、という用心深い人もいた。駅にさえつけばどこでもすぐ簡単にトイレに走れる、と思っていたら大まちがいの駅も少くないそうである。

私も、思い出すと、こういう事態はこれがはじめてではない。

いったい私は、風景のいい場所へゆくと排泄欲《はいせつ》に襲われる習性があるようだ。汚瀆症《おとく》の傾向があるのかも知れない。中でも忘れられないのは、松本の美《うつくし》ケ原で、ちょうど秋の終りで、いちめん樹も草も美しい氷のトゲに覆われていた。ここでこの衝動に襲われたのだが、お尻《しり》いちめんにその氷のトゲがチクチクと刺して来るのに往生したことがある。

それから、また別の失敗談がある。

昔、パリにいったとき、うっかりビデととりまちがえた。赤毛布《ゲット》で、知らなかったわけではない。二つならんでいるもののうち、フーム、これがビデなるものか、と感心して眺めたくらいなのだが、数日後、何か考えごとをしながらはいっていったら、ついビデのほうへ腰かけていたのである。

立ちあがって、はっと気がついて、弱った。ビデのほうは、むろん固形物は容易には流れないようになっている。……私は意を決して、両手でうやうやしくしゃくいあげて、隣りに移してこれを始末した。

「宇治拾遺物語」に、何とか大納言が、月影さす御簾《みす》の中で、美貌《びぼう》の女房を抱きしめようとして、女が「恥ずかしいわ」と、なまめかしく身をくねらせたとたんに、「いと高く鳴らしてけり」――一発、高らかに放屁《ほうひ》した、という話がある。そこで大納言は世をはかなんで、いちどは出家遁世《とんせい》を思い立ったが、再考してみると、女がおならをしたからといって自分が坊主にならなければならん理由はない、と思い直したというのだが、当然ながら、可笑しい。

現代では、まさかおならくらいでそんなことを思いつめる人間は、たとえ女性でもあるまいが、しかしほんもののほうで、ほんとうに出家したくなるような悲話がだれにもあるにちがいない……と、私は信じている。

一日一便、人類はみな糞友。

花のいのち

世に思いを断って多摩の山上に隠棲《いんせい》（？）してから、庭に六個の花壇を作って花ばかり眺めている。合わせると三十平方メートルばかり、二十畳分くらいの花壇になるから、相当の種類と数の花が咲き、見ていて飽きるということがない。

チューリップ、パンジー、姫芝、雛菊《ひなぎく》、ヒヤシンス、スイートピー、アネモネ、芝桜、撫子《なでしこ》、薔薇《ばら》、バビアナなどが咲き、そして散った。やがてサルビアが咲き、グラジオラス、立葵《たちあおい》、カンナなどが咲くだろう。

花作りを始めて、いやこんなことをしていると人間老いる、とふるい立ち、花壇を踏みにじって女のところへ駈《か》けつけたことを書いた作家があったが、さりとは度量の小さいことである。ヨーロッパなどは家々の窓すべてに花を飾り、これがみんな亭主の園芸労働によるものらしいが、その一方であの通り執拗《しつよう》で絢爛《けんらん》たる文化を築きあげているではないか。

もっとも私は、ただ咲いた花を懐手して見ているばかりで、花作りは女房の仕事である。そして、懐手して眺めながら、空理空論を考えている。

それにしても、花というものは、花期が長いといっても知れている。まあ、あっというまに咲き、散ってゆくといってよろしい。それまでに、何と時間と手数のかかることよ。秋のうちにタネをまいて、冬霜よけをし、霜柱をふせぎ、雪を払い、虫を退治し——そして五、六月以降にやっと咲く。げにや、「花のいのちは短くて、苦しきことのみ多かりき」これは花の言い分だが、それを作り育てる身になって鑑賞した方が、もっと実感がある。

それだけに、一瞬といっていい花の美しさになお感心するのかも知れない。そして推理小説ないしそれに類する小説の真髄も同じようなところにあるのではあるまいか。

このあいだ「永井龍男《たつお》の文章」と題する吉行淳之介《じゅんのすけ》氏の文章を読んだ。
「現代の短篇では、推理小説の奇妙な味に属する一派、たとえばダール、ブラッドベリイ、ボーモントなどの作家が結末の意外性などの形で花を咲かせている。しかしこの面白さは現実生活のリアリティの犠牲の上に成立っていて、全体が精密な細工物のようになり、一度読みおわればタネの分かった手品のように再読する気になれない」

とあり、次に、
「永井氏の作品は、そういう種類のものとは性質を異にしている」

と、おきまりの讃辞《さんじ》となる。

吉行さんよ、あなたもかといいたい。永井龍男さんの短篇を称揚するのに異議はないが、そのひきあいにこういう「奇妙な味」を志す作家を出して、いかにもこの方が日本でももてはやされているように思うのは、被害妄想ではあるまいか。

日本ではむしろ永井龍男風の、或《あ》るいは私小説風の短篇やら文章やらが珍重されて、日本文学独特の風土を作っている。「奇妙な味」の短篇はむしろ軽蔑《けいべつ》されて、従って日本ではダールやブラッドベリイが出て来ない。ことわっておくが私は「奇妙な味」など出す才能はないから、これは私の被害妄想ではなくて、公平な見方だと思っている。

ダールやブラッドベリイは、この最後の、ただいちどだけの火花にいのちをかけているのである。再読など期待せず、再読してはならないものなのである。(ついでにいえば、再読するに足り、かつ実際再読する小説なんて、どの分野にしろ、めったにあるものではない)

それからまた花作りに精を出す女房の、いささか素枯れて来たうしろ姿を懐手して眺めながら考える。——

「花のいのちは短くて、苦しきことのみ多かりき」

というのは、花の歌でも女の歌でもなく、男の歌ではあるまいか。

一瞬の迷いについふらふらと結婚して、あと、婆あになるまで食わしてやらなければならんことになる愚かなる男の歎きの歌。

日本駄作全集のすすめ

雀来て障子に動く花の影
とぶ蛍柳の枝で一休み

これをだれの句と思われるか。漱石の句である。漱石と知らなけりゃ、中学生の俳句としか思われない。

吾恋《わが》は闇夜に似たる月夜かな
骸骨《がいこつ》や是も美人のなれの果

月並もいいところだ。

ただし、以上は漱石がまだ本格的に俳句をやらない前の、しかも二十代前半のものだから、まあ大目に見るとする。

しかし、次の例はどんなものだろう。

門しめてだまつてねたる面白さ
たふとさに皆押し合ひぬ御遷宮

これはだれの句かというと、驚くなかれ芭蕉《ばしょう》である。しかも晩年の句である。芭蕉心酔者は、これにだっていい知れぬ深みとか軽みとかがあるともったいながるかも知れない。私はまた全然俳句などに素養のない人間だが、それでもこれは駄句だと思う。たとえ連句の中の一つにしても、である。

扇にて酒くむかげや散る桜
宵の内ばらばらとせし月の雲

などという句も、これまた月並としか思えない。

漱石といえば、私も人後に落ちぬ漱石ファンのつもりでいる。その俳句でも、彼が師事した子規にまさるとも劣らぬと思っているくらいである。ましてや作家としての漱石が、最高最大の存在であるという評価は、もう永遠的であると思われる。

しかし、その漱石でも、「虞美人草《ぐびじんそう》」はいただけない。当人も晩年この作にふれることをいやがったといわれるが、もっともだ。「野分」なんて作品もつまらない。「二百十日」にも首をかしげたいところがある。こういう中篇をふくめても長篇がわずか十四、五篇しかない漱石でさえ、かくのごとき確率の凡打がある。

芭蕉にしても漱石にしても、ほかに余人のついに及ばない名句や傑作があるから、俳聖と呼ばれ文豪と呼ばれるのだが、それでも中には、こんな風に駄句や凡作がある。

ほかの大作家といわれる人々にしても、きっとそれはあるだろう。

ところで、小説というものは、読んでいるようで、案外読んでいないものだ。長い間には、大衆文学のたぐいもいままでずいぶん読んだような気がしていたのだが、いざとなると、実はあまり読んでいないことを思い知らされてわれながら驚くことがある。

よく有名作家の全集の解説やら月報やらを頼まれて、それがほとんど未読であることを告げて断わって、依頼者のほうも意外そうな顔をし、こちらも当惑することがある。いま思い出すと、私の場合、その例に、白井喬二《きょうじ》や国枝史郎や夢野久作や佐々木邦などがある。

講談社から、紅葉の「金色夜叉《こんじきやしゃ》」にはじまる明治、大正、昭和にわたる——ただし、戦前までの、その方の古典的名作を集めた「大衆文学大系」という全集が出ていて、短篇を除いて、七十六人の作家が収録されている。

そこでいまこの文章を書くにあたって、改めて勘定してみると、その中、約半分の三十五人までは、いままでに一度も読んだことのない作家だということを知った。

それから、必ずしもこの大系にはいっていない作品にしろ、とにかく短篇でも三篇以上読んだことのある作家はというと、二十人くらいしかいない。またこれには七十八篇の長篇代表作がえらばれているけれど、その中で読んだものはというと、これまた二十篇しかなかった。

そこで、この大系とはべつに、ここにえらばれた作家のそれぞれの全集をひもとき、昔から名のみ知っていて未読の作をあれこれと読んでみると——いや、ずいぶん駄作がありますなあ。大乱歩にも、大吉川にも、イヤモウ、ハシにもボーにもかからないものがあります。

だいいち、てんで話のつじつまの合わないものがある。

もっとも、つじつまが合わなくったって、傑作というものはある。例えば例の「宮本武蔵」など、作家の吉川英治のみならず、日本の大衆小説史上の最高作と思われるが、あの中のお杉婆さんですな、あれがどうしてあんなに執念ぶかくお通さんを追いまわすのか、どうも納得がゆかないのだが、それにもかかわらずお杉婆さんはあの物語を傑作にするのに欠くべからざる存在であることにまちがいない。

ほかにも、いろいろ難点はありながら、そんなものを吹き飛ばしてしまう名作は多い。魅力ある美人と同じである。

しかし、そうではなくて、ただつじつまが合わないのみならず、ピンからキリまで、もうどうしようもない、それを書いている作者の心理が不可解な愚作もあるのである。漱石にだってあるのだから、ほかの人にはもっとあるにちがいない。——などと、エラそうにいって、それじゃお前はどうなんだといわれても困る。これは私などを論外に置いた大作家たちの話なのである。

そこで私は提案するのだが、十指のさすところだれしもが大家と認める——勲章などもらった作家たちの、ハシにもボーにもかからない駄作ばかり集めた全集を、どこかで出すところはありませんか？

そして、それがいかに愚作であるかを、コンコンと「解説」してもらうのである。あまり人を笑わせる小説がない現代で、さぞこれは笑いを誘うだろうし、なまじ自称名作全集より、もっと売れるだろうと小生は思うんですがね。

ただ、「解説」の希望者はうんとあるだろうが、御当人あるいはその遺族の承諾を得るのに骨が折れるかも知れませんがね。

風山房風呂焚き唄

ここ二、三年、大衆文芸の個人全集が幾つか刊行されたのに際して、その解説をちょいちょい頼まれ、そのたびごとに、自分があまり読んでいないことを痛感した。

「白井喬二全集の中の一巻を、ひとつ」――「そうですなあ、大昔『新選組』ってのを一つ読んだだけで、それも忘れてしまいましたなあ、何しろ『富士に立つ影』も読んでない始末で」

「一人三人全集の中の『釘抜《くぎぬ》き藤吉』の巻を」――「いや、林不忘《ふぼう》のものは『丹下左膳《さぜん》』しか知らないんです」

「夢野久作全集の件について」――「そりゃ昔『瓶詰地獄』というショート・ショート一篇を読んだだけだから、解説など書きようがないです」「だって以前に出た探偵小説全集で、山田風太郎・夢野久作篇ってのがありましたよ」「あったって、僕が読むとは限らんですよ」

「白土三平漫画全集」――「いや、その人の漫画を、いちども見たことがない始末で」

「そりゃおかしいな。ずいぶん似たアイデアがありますよ」「へへえ、そうですか。もし似たアイデアがあるとすれば、偶然でなけりゃ、向うさまが僕のものからヒントを得たんじゃないですかなあ」

こういう問答を交して、相手は信じられないといった顔をする。しかし、事実は事実である。国枝史郎でも、本をもらって、解説を読んだら、「国枝史郎のはるかなる後継者が山田風太郎である」と出て来たのでびっくり仰天したくらいである。そして、ずいぶん雑読したつもりだが、はていったいオレは何を読んだのか知らん？　と不安になってくるほどである。

この夏、乱歩選の世界短篇推理小説ベストテンの中のロバート・バーの「放心家組合」(或《ある》いは「健忘症連盟」)を漱石が「吾輩《わがはい》は猫である」の中で長々と紹介していることを知って、だれかそのことを指摘した人があるかとき合わせたら中島河太郎氏は「うれしい発見」といってくれ、千代有三氏は「創見だと思う」といってくれたけれど、それというのも「放心家組合」をはじめて読んだのがこの夏であったという始末だからである。

この随筆には余談だが、新発見といえば、小生の忍法帖《ちょう》は要するに忍者の術くらべ物語といっていいのだが、こういうアイデアは立川《たつかわ》文庫――立川文庫というと、これまた読んだことがないのだが――以来のものだろうと想像していたら、蕪村に、「甲賀衆の忍びの賭《かけ》や夜半の秋」という一句があるのを発見して、ははあ、こういう忍者の世界への伝奇的空想はすでに天明のころからあったのだな、とはじめて知った。忍びの賭とはすなわち忍術くらべのことである。小生の忍法小説数十巻は詮《せん》じつめればただこの一句につきる。

さて、世界短篇推理小説ベストテンをこの夏はじめて読んだというのは、実は数年前土屋隆夫氏のお世話で蓼科に山荘を作り、「風山房」と称し、推理小説のたぐいは全部そこに運んであって、夏、避暑にいったときだけ適宜棚からひっぱり出して読むことがあるからである。

そして、白樺《しらかば》の林をわたる青い風の音をききながらヴェランダの籐《とう》椅子に寝て――或いは、いちど冬にいったことがあるが、ガラス窓を通して林にチラチラと雪のふるのを眺めながら暖炉の前で――推理小説を読む。推理小説を読む状態とは、こういう状態だな、などといい気なことを思いつつ。

世界的名作で、いまいったようにはじめて読むものもあるし、またいちど読んだものでもずいぶん昔のことで、細かいことはきれいに忘れているので、結構面白い。そして、のんきにいろいろな想念を頭に過《よぎ》らせる。――そういう無責任な感想だから、以下述べることも、或いはどなたか同じ意見を公表されているかも知れない。

その一つ、やはり長篇でも、いわゆるベストテンに類する古典的なものがよろしいことはいうまでもないけれど、これらの作品のフィナーレはその大半が、例の――探偵が関係者を一堂に集めて大演説を行い、そして「諸君、××殺人事件の真犯人を紹介します！」と大見得を切る。この手法――この大時代な手法が、しかしやっぱり一番考えぬかれた一番効果的な手法だなあ、と改めて感服し、そうはいうものの、この手がもう使えなくなった後代の悲しみを感じないわけにはゆかない。

その二つ、また「意外な犯人」の伏線の張り方についても、そこに至るまでに犯人がなるべく読者の印象に残るように書かれていなければ意外感を与えないことはいうまでもないのだが、印象に残りつつしかも匂いをかき消すためには、これを拡散させるよりほかはない。だから、「Yの悲劇」をはじめ、そのストーリー中に、たいして事件に関係があるとも思えないのに糸の縫目のごとくチラチラ隠顕出没する人物が犯人であると見ていいありさまになったのだが、これは要するに同量の描写をかためないで拡散させるというしごく「物理的」な手段だな、などと考えたりする。

その三つ、当然再読することも少くないので、「再読論」ということについて考える。吉行淳之介さんの書かれた随筆に、しばしば再読に耐える耐えないという評価の物差が出て来る。いかにも、例えば漱石のものにしても「坊っちゃん」は一度目が一番面白い。しかし「明暗」は再読した方が面白い。モームのものにしても「月と六ペンス」は一度目が一番面白い。しかし「人間の絆《きずな》」は再読した方が面白い。一般文学としては、それぞれ後者の方が上等であるという評価にまちがいはあるまい。しかし推理小説にこの物差をあてることはどうであろうか？

結末を読んでから作者の伏線の張り方を点検するためにもういちど読み返す興味は少し

意味がちがうからまず措《お》くとして、ふつう推理小説はいちどの火花にいのちがかかっているのではなかろうか。これがショッキングであればあるほど読者の印象に鮮明に残るから、従って再読はきかない。すなわち、推理小説というものは再読のきかないものほど出来がいいといっていいのではあるまいか。

とはいえ、このごろの小生のような読み方では、現代の推理小説のような——非常に巧妙に、かつ洗練された文体で書いてはあるのだが、読んで本を閉じるともう忘れているといったような作品の方が、再読どころか何度でも読めてかえってありがたいといえるかも知れない。

そしてまた実際問題として、一度目も二度目も面白くないものが大半なのだから、こういう心配はぜいたくの沙汰《さた》である、と思い直して苦笑したり、さらに、一度目は面白く二度目は面白からず、或いは一度目は面白からず二度目は面白いというちがいのあるものは小説に限らずあらゆる芸術、人間、いやいや森羅万象すべてに見られる現象かも知れない、などと感じいったりする。

その四つ、また古い探偵雑誌を読んでいると、例の本格論文学論の問答が、ゆく川の流れのごとく絶えず繰返されているのを見る。そして小生の結論は「問答無用」ということであった。べつに立腹してのことではなく、また小生が立腹する義理もない。

要するに酒がうまいか、まずいか、といっているようなものだ。うまい人にはうまく、まずい人にはまずい。一時うまいと思っても肝臓が悪くなって飲めなくなる人もあるだろうし、はじめはカラくて飲めなくてもあとでだんだん酒飲みになって来る人もあるだろうが、しかし酒の好悪は善悪を超越して存在する。

ふつう本格派の方が趣味が偏向しているように見られているが、論争を読んで見ると、事実は反対のような気がする。本格派の方の人は文学の面白さをも認めている。しかし文学的ではあっても本格でない推理小説は面白くないといっているのに対し、文学派の方ははじめから本格派の面白さを解しないようである。一方は饅頭《まんじゅう》のうまさもわかる。しかし酒は酒でなければいかんといっているのに、一方の饅頭派は酒そのものの味を認めないといっているような気がする。

——というようなよしなしごとを頭に漂わせつつ、この夏一ト月ちかく、ただ山荘の風呂焚《た》きと酒を飲むことだけで過して、はていま日本で、病気でもなくこんなことをしている四十男が、オレのほかにいるだろうか？　と思案して、いや小生以外一人もいないだろう、という結論に達した。

今は昔物語

〔某月某日〕
カナリア、旧冬から病気のところ昨夕死す。雛《ひな》のうち巣から落ちたせいらしい。
〔某月某日〕
一日じゅうひま、気分が勝《すぐ》れないので終日本を読んで暮らす。右の上の糸切歯一枚、今夕ぬけ落ちる。これまでこの歯を入れ歯のつなぎにしていたところ、この歯がぬけて入れ歯をつなぐものがなくなった。これで私の歯はことごとくぬけ落ちたことになる。生まれた時に帰ったというべきか、自笑。
〔某月某日〕
昨日約束した入れ歯、きょう間違いなくできるということであったのにできず。前金でみな支払ってあるというのに何ごとぞや。
〔某月某日〕
お手伝いの娘、とかく返事をしないので、呼ばれたら返事をするようにといい聞かせたところ腹を立て、夕方四時ごろ家を出ていってしまう。

〔某月某日〕
このごろ米も何もかも上がる。米はこの春にくらべて二割。味噌《みそ》は一割上がった。そのほか安くなったものは何もない。
〔某月某日〕
隣家の伊藤《いとう》家から、こちらの玄関の柳の枝が向こうに張り出してじゃまだから切ってくれといって来る。先日伊藤家で増築した際あまり垣根すれすれに建てたので、無断で職人がこちらに入って来たので文句をいったところ、向こうでこんなしっぺ返しをして来たのだ。そこで明日妻をやって、そっちの家を一尺切り取るなら、こっちも柳を抜いてよろしいといわせるつもりなり。
〔某月某日〕
今日息子、庭のサフランに霜よけをなす。

さて、――依頼された随筆は、私山田風太郎の「ある日ある時」だが、右の日記は私のものではない。滝沢馬琴の日記である。文政十年一月八日、六月四日、六月十四日、十一年六月十一日、九月二十日、十月八日、十月三十日のもので、省略はしてあるが、原文をほぼ現代文化したものである。
まあ、私の日常を書いても、同じようなものだから紹介した。それにしても徳川時代と現代と、なんと変わりのない一面を持っていることよ! カナリアもおり、入れ歯もあった!

「馬琴の家じゃ、大将が八犬伝など書いてる一方で丸薬を売ってたんだが、別に看板を出すわけじゃなく、客が来ると、ポツリポツリ売ってたらしい。それを日記には、渡しつかわす、と書いてある」

と、ある日ある時、某編集者と話をした。

「ただし原稿の締切りがないのは羨《うらや》ましい。本屋さんが来たとき、小説の出来た分だけ渡していたらしい」

「それも、原稿何枚渡しつかわす、とありますか」

「うん、そう書いてある。アハハ」

III

なつかしの乱歩＝その臨床的人間解剖

さきごろ講談社から出た乱歩全集の広告に、「なつかしの乱歩……」という言葉があって、うまい言葉を見つけたな、と感心した。もっともこれはこの宣伝文を書いた人の手柄ではない。以前にどこかできいた言葉である。

乱歩さんはたしかになつかしい。これは私が個人的に乱歩さんを知っていたからでもあろうが、しかし公平に見て多くの読者が、「なつかしの乱歩」という言葉を肯定されるに相違ない。ほかにもたくさんの物故された大作家はあるが、「なつかしの……」という形容詞をかぶせてこれほどぴったりする人が、そうざらにあろうとは思われない。

これは乱歩さんが少年物を書かれたせいもあるかも知れない。「怪人二十面相」が「少年倶楽部《くらぶ》」にのりはじめたのは、たしかに私の少年時代であった。しかし、そればかりではないような気がする。また乱歩さんが好んで描かれた浅草趣味——サーカスやお化屋敷や回転木馬やチャルメラのひびきなど——が大正時代への郷愁を呼ぶせいかも知れない。

しかし、そればかりでもないような気がする。だいいち大正末期、田舎に生まれて育った私は、大正や昭和初期の浅草など現実には知らないのである。

しかも乱歩さんの書かれたものは、本来なら、常識的に「なつかしさ」を誘うような世界ではないのだからいよいよ不思議である。乱歩さんの天性の持味というしかない。

調べて見ると、すでに昭和三年の「新青年」に「懐しの乱歩！」という表現が出て来る。少年物や大正時代への郷愁などのせいではないことはこれで明らかだ。

それにしても昭和三年といえば、乱歩さんが処女作「二銭銅貨」をもって登場されてからわずかに五年ほどのちのことで、それでもう「なつかしの乱歩」という表現をかぶせられるのだからエライものである。

「大乱歩」という言葉もある。ほかにも一世を風靡《ふうび》した作家や、大衆から敬意を表された作家や、芸術的にもっと高いものを書いた作家は多いのに、大の字を冠してこれほどおかしくない人も珍しい。

乱歩全集の月報をチラチラ読んでいると、何人かの人が、乱歩さんの訪問を受けたときのことを書いていた。晩年に「宝石」の編集に当られてから、乱歩さんは律義にみずから原稿依頼にあちこち回られたが——私のような者のところまで——そのときのみなの聳動《しょうどう》ぶりを書いたものだ。

「乱歩来たる！」

その報は、当人のみならず家人にも「大変だ！」という驚きと恐縮の渦に包んでしまう。

「ノーベル賞の川端康成さんが来ても、あれほどみなが驚かないのじゃないか知らん」と私は考えたほどである。他に経験がないからよくわからないが、ほかのどなたの御来訪を受けても、みな——家人までが——あれほどの恐慌ぶりは示さないような気がする。

そして乱歩さんはニコリともせず、おだやかに依頼される。

「××君、『宝石』に原稿書いてくれんかね」

するとみな直立不動の——姿勢になったかどうかは知らないが——心情になって、「書きます！」と返答してしまう。その当時、「宝石」に思いがけない人々が推理小説を数多く発表されたのは、ひとえにこの大乱歩来たるの衝撃のためである。

もっとも直弟子（？）たる私は、その何年間かのあいだにたった二つの短編しか書けず、乱歩さんから「甚だ不満である」というお手紙を頂戴《ちょうだい》した。

＊

若いころ乱歩さんの前で、

「先生は眼高手低ですな」

と、いったことがある。

こんなことを青二才からいわれても、先生は決してむっとした顔をされない人であった。

ただし、だれに対しても、どんな場合にも決して怒らない洒脱《しゃだつ》の大人《たいじん》であるというわけではない。何かの機会に、或《あ》る大新聞の記者が来て何か依頼したとき、その条件があいまいであると乱歩さんが糺問《きゅうもん》され、記者が青くなったり赤くなったりしているのを見たことがある。そのとき後ろで若い私は、乱歩さんの指や手の甲のモジャモジャ生えている毛を眺めながら、「こりゃ相当にコワイこともあるのだな」と思った。そんなときの乱歩さんは、まさに「老辣《ろうらつ》無双《ぶそう》」という感じがした。ただ、探偵小説の若い弟子の探偵小説上の応答には、不快の情をあらわにされたことはほとんどなかったのではないか。

そのときも、乱歩さんは、

「うん、僕はそうなんだよ」

と、淡々と、しかも大まじめな顔で肯かれた。

むろん私はナマイキを承知の上でいったことだが、それから二十数年たったいま、このナマイキな批評を改めて恐縮しつつ撤回する。先日中島河太郎さんと話しているとき、中島さんが「乱歩さんはいつまでも古くならない。同時代の作家はもう古めかしくて読むに耐えない人が多いが、乱歩さんは今でも充分読めるから不思議だ」といった。まさにその通りで、乱歩さんは眼も高かったが、手も高い人であった。自分でやって見ると、それがイヤになるほどわかるのである。（もっとも、乱歩さんにそんな不遜《ふそん》な評語を献げたときから、むろん私は自分のことはぬきにしていったのだが）

来年は驚いたことに私も五十歳となる。私が乱歩さんをはじめて見たのは昭和二十一年で、年譜を見ると乱歩さんはそのとき五十一歳である。すでに一見して大長老の風格があって、つくづくと、「人間の出来にはちがいのあるものだな」と改めて痛感する。

しかし、さすがの大乱歩も、実作上では戦後のものは甚だしく何かが欠けている。小説とは或る意味で女に似た（女から見れば男に似た）ところがあって、顔立ちはととのっているのだが、どこか魅力のない女性があり、またその逆に欠点すら一種の魅力となっている場合もあることはだれも知っていることだが、その何かが——特に乱歩さんの場合は強烈無比であった何かが——その作品から消え失《う》せている。恐ろしいことだが、本人が自覚しているいないは別として、大半の作家にその運命は訪れて来るのである。

乱歩さんはそれを自覚していられた。それで、実作よりもその力を、評論と新しい探偵作家の育成に注がれたことは人々の知る通りである。

「小説なんて、修業したってうまくなるものか」

と、私なら思う。

「作家なんか、育てようとしたって育てられるものか」

しかし、今にして思うと、乱歩さんはみごとにこの難事業をやってのけられたのではないか。それが乱歩さんの期待通りの作家になったかどうかは別として、現在推理作家として生活している十数人の作家は、何らかの意味で乱歩さんの息のかかった人が大半ではないか。もし乱歩さんの存在がなかったら運命のちがった人が多いのではないか。

私などから見ると奇蹟《きせき》としか思われないこの結果を導き出したのは、乱歩さんの、飽かず、倦《う》まずの、雑誌への斡旋《あっせん》とか、賞による推輓《すいばん》とか、自腹を切っての御馳走《ごちそう》とかいう具体的な努力、また、悪いところは黙っているか、指摘するにしてもおだやかに指摘するにとどめ、いいところは甘いと思われるほど賞揚し、ときにはおだてるという精神的激励もさることながら、何より乱歩さんの探偵小説への情熱がみなに伝染したせいである。

乱歩さんは天性の教育者であったと思う。その点、漱石に似ている。結果としてその数多い弟子たちに敬慕されたことにおいても。

＊

乱歩さんはしきりに、「自分は子供だ。子供っぽい」という意味のことをいわれた。しかしわれわれから見ると、文字通り大人《たいじん》であった。これは年齢の差ではなく、「探偵小説四十年」を読むと、宇野浩二氏が、「江戸川には『大人《たいじん》』の風格があり、『わけしり』の風格もあったが、また、そういうものをとおりこして（中略）なにかわからない、ぼやっとした、しかし近づきにくそうなところもなく、人間ばなれをしているようで、人間ばなれなど、すこしも、していないようなところもある、というような風貌《ふうぼう》の人であった」と書き、それは最初に逢《あ》った大正十四年ごろからの感じであると述べている。そのとき乱歩さんはまだ三十一歳だから、これはむろん天性の風格である。

しかし乱歩さんの、「自分は子供っぽい」といわれる意味もよくわかるのである。

作家はたいていの人がそうだろうが、そういう告白は率直なものだ。

もっとも、たいていの大人《おとな》も、よく見ると子供っぽいものである。少くとも、子供っぽい一面を持っているものである。が、普通の人間はそれがいわゆるとっちゃん小僧ないしひねこびただだッ子の観を呈するのに対し、乱歩さんのこの矛盾は天真爛漫《てんしんらんまん》の混合図として現われた。

晩年に紫綬褒章《しじゆほうしよう》をもらわれたときの大がかりなよろこびようなどは、私はあまり感心しなかったが、しかしこれも乱歩さんの大人《たいじん》性と子供性の大混合である。

よく家の子郎党をひきつれてバーをねり歩かれたが、銀座の一流バーで悠然として飲んでいられたかと思うと——おちつくはては新宿の最下等の青線区域の安二階で、まっぱだかのパンスケを膝《ひざ》にのせて大悦していられたりする。若いもののまんなかで、大長老の威厳などどこへやら、そんなときの乱歩さんは心から愉《たの》しそうで、まさしくこれぞ天衣無縫の大長老の面目躍如たるものがあった。これもいわゆる大人《おとな》はあまりやらないことで、しかし大人《たいじん》はやることで、この方は大いに感心した混合ぶりである。そして、その翌日は、大まじめな顔で外国の本格推理小説についての講義をやっているのである。

乱歩さんにいわせれば、自分が本格推理小説などに夢中になっているのがそもそも幼児性のあらわれだということになるのだが、一方で本格推理小説そのものが大人《おとな》性と幼児性の混合物で、むしろ幼児性がなければ成り立たない、その幼児性こそが大人《おとな》の遊戯だという自信を持っていられた。私もこの意見に賛成する。地球上でいちばん「大人《おとな》」民族と見られるイギリス人がいちばん探偵小説を愛するのがそのいい証拠である。

ただし、推理小説以外の世界でも、その幼児性が大人性につながるという開き直った自信を持っていられたかどうかはわからない。

茫洋《ぼうよう》と緻密《ちみつ》、放胆と几帳面《きちょうめん》、また「江戸川乱費」といわれたほどの使いっぷりと奇妙な合理性、これも乱歩さんはその大混合体であった。十数人ひきつれてのバーめぐりはいまいった通りだが、その追悼号などを見ても、いかに多くの人々が乱歩さんの寄付や援助に感謝していることか。

しかも乱歩さんはタクシーなどに乗っても、決して運転手にチップなど与えられない人であった。千円のところを九百五十円でもちゃんとおつりは召しあげられる。それどころか、他人が払うときも、「そんな必要はない」とたしなめられる。

「タクシーの運転手などにやっても、あとになんの効果もないじゃないか」

乱費はちゃんと効果を考えてのことであったのである。

すべて、天地の差、及びようもないから、はじめから真似する気もてんでないが、ただ一つ乱歩さんの真似をしようと熱願しつつ、まだ思うにまかせないことがある。

＊

それは乱歩さんがしばしばやられた「休筆宣言」である。

調べて見ると、処女作発表以来四年目の昭和二年「新青年」四月号に「パノラマ島奇譚《きたん》」を発表してから第一回休筆宣言を発し、三年八月同誌増刊号に「陰獣」を発表するまで一年三ヵ月ばかりお休みである。

次に昭和七年三月に第二回の休筆宣言を発してから、翌八年「新青年」十一月号に「悪霊」を発表するまで一年七ヵ月お休みである。

次に昭和十年には七ヵ月お休み、そして昭和十五年から終戦まで――いや、戦後も昭和三十年の「化人幻戯」まで、その間、翻案物の「三角館の恐怖」と少年物以外は、創作としての筆はとっていられない。

――考えてみると、乱歩さんはまことに天寵《てんちょう》に恵まれた方で、あの日本人すべてに惨禍を与えた戦争でさえ、乱歩さんには何か恵んだ観すらある。

池袋の家は焼けず、出征された御子息は無事帰還され、そして小説も、まるで執筆を禁止された一群の作家の一人のように見えて――そういう事実もないではなかったが――しかし、禁止を受けなくても、乱歩さんはもう書けなくなっていたのである。が、現実として戦争中絶筆状態にされていた乱歩さんは、戦後読者の渇望する対象の作家の一人となっていられたのだから。

ともあれ、休筆宣言などは大乱歩なればこそ出来ることで、おまえなんかにそれは通らない、といわれる向きが多かろう。その理屈はよくわかるけれど、大乱歩でさえときどき右のごとく休んだのである。それならこっちなどはいよいよ休んで力を養う必要があるという理屈の方がもっと成立ちそうである。むろん「宣言」などする必要はないが。——

以上の「乱歩讃歌《さんか》」は、実はこの雑誌の期待されたものではないだろう。おそらく期待されたのは「暗い乱歩」の一面——とくに大人《たいじん》乱歩さんに妖《あや》しさを添えるホモ趣味など——であろう。

しかし、それは私に書くことは出来ない。だいたい私は、だれがもうこの世にいなくなったからといって、その人に親近していた者がすぐさましたり顔でいくらかでも故人を傷つけるようなことを書いたり、またその人が生きているとき足もとにも寄れなかった者が急にエラそうにものをいったりするのが気にくわない。それはそれで意義のあることであり、かつ読物としても面白いことは充分に承知しているのだが、一方でその記述者に対する軽蔑《けいべつ》をも禁じ得ないことはいかんともしがたい。あえてそれをやるなら、自分も同程度以上に傷つくことを承知の上の場合であるにかぎる。私はそんな役割を果たす気はない。

それから、そもそも私は乱歩さんの暗い一面を、ほんとうにはよく知らないのである。例の乱歩さんの一族郎党をひきつれてのバーめぐりでも、もっとしょっちゅうくっついていればいよいよ面白い光景を瞥見《べっけん》する機会もあったのだろうが、お供したのは何かのはずみといった程度で、乱歩さんを甚だ敬愛しているにも拘《かか》わらず、どうもそういう行列に加わるのに気のひけるところがあって、たいていは御免蒙《こうむ》ったからである。特にホモの一面に至っては、たとえくっついて歩いても、こっちに共鳴するところがなければ、ついに不可解の別世界にとどまるほかはなかったであろう。

かつて或《あ》るとき私は、乱歩さんに「山田君は何をやるかわからん男だ」といわれたことがある。それはべつに非難の意味ではなく、また逆に、私をうぬぼれさせる何の分子をも含まず、ただ小説の上で、事と次第では乱歩さんを材料にしておもちゃにしかねないと剣《けん》呑《のん》がられたのであった。しかし、先生、それはやりませんよ。

「暗い乱歩」の一面をだれより御存知なのは乱歩夫人で、それは未亡人におききするよりほかはない。しかし、それは永遠に語られることはないであろう。

十五年前

昭和二十四年の暮に、僕は世田谷区の三軒茶屋に一軒借りた。六帖《じょう》に四帖半、三帖に玄関、台所つき、それでも塀をめぐらした家である。

それまで、六畳一間の間借りをしていたのだから、さあうれしくってたまらない。是非とも引っ越しの祝宴を張らなければならんと思い——しかも一人暮しで、町にはまだろくな仕出し屋もないころで、従って料理は缶詰しかないから、そうはでにお客を呼ぶことなんてできやしない。だから——呼んだのは、当時ちかくに住んでいた高木彬光氏と読売新聞の白石潔氏だけである。それから、もうひとり——乱歩先生に、おそるおそるおいでを願った。

すると、先生は承知して、山賊の料理よりもっと哀れなこの宴会へ来て下さったのである。池袋から世田谷の細い路地の奥のどんづまりにある小さな家へ、一升瓶をぶら下げて悠然と現われて下さったのである。

その気軽さ、といっても、年齢のちがい、社会的地位のちがい、ふつう、人はなかなかこうはゆかないものだ。僕はもちろん感激した。いまでも感動している。で、そのときの話をかこうと思い、当時の日記を探したのだが、その夜の記録がどうしても見つからない。或《ある》いは祝宴の意味は右のようなものであったにしろ、もっとあとのことだったかもしれない。

そのころは、僕はめちゃくちゃの最高潮の時代だった。あっちこっち日記を読み返していると、「脳中胸中索漠　蕭条《しようじよう》たり。ああわが生活荒廃す」なんて意味の文句がいたるところ出てくる。またそのころ、九州から推理小説ファンだという青年が二人やって来た。むろんはじめての見知らない客である。それと酒を飲んでいると、知り合いの女性が一人現われた。酔っぱらって女性をつれて、客は放りっぱなしにし、渋谷に出かけ、ここの飲屋にこんどはその女性を放りっぱなしにして、新宿へひとり鉄蹄《てつてい》をすすめたようなことが書いている。まるで三段ロケットである。翌日の夕暮。ボー然として家に帰ると、九州の二人の客は、これまたボー然と坐《すわ》って待っていた。……など書いてあるのを見て、吹き出した。

そういう時代だから、感激はさておいて、乱歩先生にもいい気な熱を吹っかけたものである。

「先生は眼高手低の人でアル」

などと失礼なことを口から出放題にいった。

これに対して先生は、あの訥々《とつとつ》たる調子で「僕はそうなんだよ」と怒りもせずに答えられた。乱歩先生は戦前は人ぎらいの気むずかしいお方だったそうだが、幸いなことに僕たちの知っている戦後の先生は、何をいっても怒られない大人だった。末輩にそんな無遠慮なことをいわれて、「僕はそうなんだよ」と応じられた口吻に、先生を知る人はだれでも先生の、あの誠実で悠揚たる人なつこい風貌《ふうぼう》を頭にえがくことができるだろう。

しかし、当時の先生はまだ満々たる創作の覇気と自信を持っていられた。むしろむきになって、その自信と覇気のほどを開陳された。その談話ぶりをかきたいのだが、その夜の日記が見つからないのである。それで、そのころの日記で、偶然眼にふれたべつのありし日の乱歩先生の姿を以て代用することにする。

……こういうことをかくと、いつか「山田君は何をやり出すかわからん男だ」と少々剣《けん》呑《のん》な顔をして苦笑された先生を思い出すのだが。——

昭和二十六年十一月三日。

「夜高木氏と同伴で江戸川邸を訪ね、酒のむ。同人誌『鬼』の原稿依頼。きょうの朝日夕刊に乱歩先生がアメリカの雑誌に紹介されたり、との報道かかげられ、先生大上機嫌なり。奥さんに『夕刊よく見ておけ』と大いばりなり。その稚気敬愛すべし。

三人酔いてハイヤで新宿へ。花園遊楽街に朝山靖一《せいいち》氏を訪ねる。大河内常平氏も来る。そのちかくの某店の二階に上りて痛飲。女全裸となりて酒のみ、先生大いに恐悦せらる。その稚気敬愛すべし」

二十七年七月二十二日。

「午後、築地《つきじ》の松竹試写室にヒッチコックの『岩窟《がんくつ》の野獣』（原作モオリア『ジャマイカ・イン』）を見にゆく。松竹宣伝部の主催にて、乱歩先生、高木氏と批評会。いかなモオリア、ヒッチコックでも褒めようのない大駄作。三人ともほかの映画ばかり褒めていて大笑なり。終りて三人で浅草へゆく。乱歩先生財布を忘れられ、高木氏と一万円ばかり供出して遊び歩く」

——こんなこともたまにはあったとみえる。

「美人座でストリップを見る。名は美人座なれどあんまり美人おらず。それどころか館内トイレの臭気にみち、猥雑淫蕩《わいざついんとう》きわまるものなり。

『早くぬげえ』

『早くおまんこ見せろ！』

と、客わめく。それに対して、

『スケベー』

と、ストリッパーどなりかえす。

『竿《さお》かしてちょうだいよ』

『長くて太いの貸してちょうだいよ』

などと女たわむれかかれば、

『よし、貸してやる』

と、飛び出して股《また》ボタンをはずせる男あり。客席の上にかけられたハシゴの上で女たちが腰まきをとり、バタバタふったり、客席のまんなかにそなえつけた風呂《ふろ》に入って水中めがねで下をのぞかせたりする。実に驚き入った劇場にして、育ちのいい当方は辟易《へきえき》して少々不安になるばかり。はては舞台で酒のみ出し、客も上りて酒をのむ。酔っぱらってドドイツを唄《うた》い出した豪傑も出現。

江戸川先生、パナマをかぶってニコニコ見物。

夜、どぜう屋で酒のみ、どぜう鍋《なべ》で飯をくい、深夜十二時、ハイヤで帰る」

こんな日だけの乱歩先生ではなかったことはいわずともしれたことである。ただ、たまたま眼にふれたこんな日のことを、ほかの日の先生よりもなつかしく、胸もいたくなるような思いで思い出すのである。

そしてまた十五年前の昭和二十五年五月二十三日に、僕はこんなことを書いている。

「乱歩は太陽である。少くとも日本ではそうである。少くともその情熱に於《おい》てはそうである。

そのゆえに乱歩死せるのちは、日本の探偵小説は衰微するであろう。その情熱の光をあびている群星は消えるからである。少くとも僕などはそうである。……」

珍説かもしれない。しかし、案外ウーンと首肯する人があるかもしれない。

まあきいて下さい。故乱歩先生のことなんです。

話にきいたところによると、戦前の乱歩先生はすこぶる気難しい、非社交的なお人であった。例の、昼間でも土蔵の中で蠟燭《ろうそく》をつけて執筆をされていたというのは作り話らしいが、しかしこういう伝説は決していわゆる乱歩文学からの連想によるものではなく、その人の性行にもその因があるらしいことは、次のような「探偵小説四十年」(桃源社版)の記述からも明らかである。「昔、二十四、五歳の折り、三重県鳥羽の造船所に勤めていて、またしても会社勤めにいや気がさし、独身者合宿所の自分の部屋の押入れの中に隠れて、会社から呼びに来ても気づかれぬように、襖《ふすま》をしめきって、その真暗な中で、壁にアインザムカイトなんて落書きをして、まじまじと寝ころんでいたものだ」(五三頁)

「麻布区に、欧州小国の公使館などがかたまっている区域があり、チェコスロバキア国の公使館のすぐそばに、中国人の経営する張ホテルという木造二階建て洋館の小さなホテルがあった。なんだかヨーロッパの片田舎の安宿へでも泊ったような感じで、東京にもこんな不思議なホテルがあったのか、と私はすっかり気に入ってしまった。そこで、私は適当な前金を払って、その部屋に一と月ばかり滞在することにした。そのころ私は人嫌いの最中なので、作家仲間とも全くつきあいをせず、随って、誰にもこのホテルに泊っていることを、知らせなかった。滞在中、何もしないでボンヤリしていることが多かった」（二一〇頁）

etc。

ところが、戦後、私たちの知った乱歩先生は、そんな伝説を思い出すのを忘れてしまうほど精力的に会合に出られ、若い私たちが圧倒されるほど陽気に、柳暗花明の巷《ちまた》で盃《さかずき》を傾けられる人であった。

「第二次大戦後、私はひどく常識的な社交人になってしまった」（二〇九頁）

いつ、どんななりゆきで、乱歩先生がこれほど一変されたのか。

「私はそれまで我儘《わがまま》な人嫌いで、孤独を愛し、孤独の放浪を愛し、家にいれば終日床の中で暮らすという、始末におえない生活をしていたので、向う三軒両隣のつき合いなど、思いもよらぬことであった。それが戦争のために、やはりじっとしていられなくなり、俄《にわか》に隣組常会などに出席するようになったのだから、実に恐るべき変化であった」（二八〇頁）

つまり、戦争中のやむを得ぬ集団行動がそのきっかけになったというのである。

それも事実であったろう。——しかし、私たちの知っている乱歩先生は、とうてい「常識的な社交人」の範囲を超えたものであり、いやいやながら、やむを得ず社交の世界に入られたというような印象ではなかった。もっと本質的なものの開花と見える姿であった。ほかになにか大きな転機があるのではないか。

そこで新説にして妖説が、私の脳中に浮かぶのである。

それは乱歩先生のおつむのことである。

あの陸離たる光頭は、いつごろからはじまったのか。乱歩先生のお若いころの写真をつらつら見ても、そこにフサフサとした髪のあった写真をついに発見することができない。

私たちの知っている乱歩先生は、むろん決して線の細い人ではなく、ヌーボーとして大人の風格のある人であったけれど、といって身辺を意に介せず、豪放磊落《らいらく》、呵々《かか》大笑するといった豪傑風のタイプではなかった。一面非常に神経質なところもあり、事実相当なおしゃれであった。もし豊かな髪がその頭上にあったら、堂々たる美丈夫と形容してしかるべき風采《ふうさい》であったろう。

それなのに、若くしてつんつるてんなのである。

この肉体的特徴が、乱歩先生になんの影響も与えなかったか。

禿《はげ》という問題は、禿《は》げない人には想像もつかない煩悶《はんもん》があるものだときいている。まして乱歩先生ほど自尊心の強い人が、このことに全然無関心であったとは思われない——私は、相当以上の深刻な影響を及ぼしたものと推理する。

それが、そう確信できるのは、あの微に入り細をうがった尨大《ぼうだい》な自叙伝「探偵小説四十年」中、扁桃腺《へんとうせん》、鼻茸《はなたけ》、蓄膿症《ちくのうしょう》、高血圧など先生を悩ませた病気の話はそれぞれ一章を設けるほど出てくるのに、禿に関する記事は皆無にちかいからである。厭人《えんじん》病の素質またその原因については縷々《るる》述べてあるのに、このことばかりはご本人の口からは一言ももれていないところがアヤしいのである。

それが戦後、乱歩先生がこの世間に再登場されたとき、突如として陽気なお人になって出現されたのは、あの戦争を境として、乱歩先生が、たとえ禿げていようとべつにおかしくない年齢に達していられたからではあるまいか（昭和二十年、五十歳）。

かくて乱歩先生は、執拗《しつよう》な隠れ蓑《みの》願望から脱却されたのである。

私の見るところでは、乱歩先生の晩年の芝居好き――自分が役者になって舞台に出るのを好まれた理由のひとつに、かつらをかぶるというよろこびもあったのではないかとさえウタがっている。

どうです。新説でしょう。

しかし、はじめに珍説だといったが、ほんとは珍説だとは思わない。コンプレックスのない作家というものが存在し得るだろうか。いや、それの大きい人ほど、すぐれた作家でありえるのではないか。事実このコンプレックスから解放された乱歩先生は、戦後いかに書こうと努力されても、ついに会心のものがお書きになれなかったのではないか。

このコンプレックスのために「屋根裏の散歩者」や「人間椅子」や「陰獣」などの名作が生まれたとすれば、人間、禿げれば尊しわが師の恩というべきではあるまいか。

追想三景

昭和三十七年十一月二十九日の未明である。僕はそのころ練馬の西大泉に住んでいて、徹夜で仕事をしていた。

すると、卓上の電話が鳴った。「池袋電報局ですが、電報をお伝えします。いいですか」「はい、どうぞ」「ランポキトクスグオイデコウ、エドガワ」

愕然《がくぜん》とした。そのころ乱歩先生が歩行中よく転がるとか足の裏が冷たくなっているなどという話はきいていたから、とうとう来るべきものが来た、と思った。

とるものもとりあえず出かけた。外はまだ真っ暗で車がなく、始発にちかい電車で池袋へいった。

池袋駅から夜明けの寒い町を歩きながら、涙がにじんで来るのをおぼえた。車が来たので呼びとめて乗る。思いに耽《ふけ》っていたので、ゆきすぎて、わからなくなる。中年の運転手に電報のことをいうと、乱歩さんのことはよく知っていて、大いに心配して一生懸命探してくれた。

さて、ようやく江戸川邸にたどりついて門を入っていったが、家中しーんとしている。

と、若奥さんが出て来て、「まあ、山田さん、いたずらなんですよ」と気の毒そうにいった。あっけにとられた。

「この夜中から、あっちこっちからおいでになったり、電話で問い合わせがあったりして大変なんです」

「驚きましたね。しかし電報を使うとは、ずいぶんもとでのかかったいたずらじゃないですか」

「それが電報局というのもうそっぱちで、自分でそういっただけらしいんです。父も知ってるんですけれど」

乱歩先生が御挨拶《あいさつ》に出られない、というおことわりであろう。

「いや、そんなことはいいんですが……しかし、いたずらでよかったですね」

「ほんとに遠いところをすみません」

あっけらかんと引返す。可笑《おか》しいやら腹が立つやら、これほどみごとに一杯くったことは近来にない。西大泉の僕のところへ電報が来るのなら、池袋電報局ではなく石神井電報局のはずだ、と気がついたのは帰宅してからのことで、それこそあとの祭である。

すッ飛んでいったあとでまた同じ電話がかかって来たそうで、甚だ執拗である。それにしても病んでいる御老人をキトクとは、いたずらにしてもたちが悪い。

この日、この怪電話に右往左往したのは数十人に及ぶそうで、電報局は通さないにしても恐ろしく手数と時間のかかったいたずらだ。犯人はついにわからない。

実際に乱歩先生が亡くなられたのは、それから三年ばかりたった昭和四十年七月二十八日のことだった。右の予行演習があったので、こんどは前ほど仰天しなかったが、四、五日後にヨーロッパへ出かけることになっていたので、少からずあわてた。

三十日、落合火葬場で荼毘《だび》に付したわけだが、僕は実はどういうわけか、人の火葬される光景を見たのはこのときがはじめてである。そして、考えてみると、次にそれを見ることになるのは僕自身の場合だろうから、従って「生前」に於ける人間火葬の印象は、あとにもさきにも乱歩先生ただお一人ということになる。

暑い日であった。鉄の扉をあけて中の台をひき出すと、骨になった乱歩先生が現われた。寝棺に入れたときの姿勢のままで、頭蓋骨《ずがいこつ》が転がり、その向うに腰のあたりの骨が貝殻みたいに堆積《たいせき》している。

やがて、安置場で壺に入れたが、大きな頭蓋骨は入り切らず、口から盛り上っている。隠亡が遠慮会釈もなくふたで押えると、あの数々の妖麗な幻想をえがいた偉大な頭蓋骨は、ガシャリとつぶれて収まってしまった。

「乱歩先生、永遠にさようなら」

と、僕はつぶやいた。

それから三年後の七月二十八日、僕は、角田さんや中島さんら「例の会」の人々と、多磨霊園の中を歩いていた。ふしぎな偶然で、僕はまたヨーロッパ旅行の数日前だった。

台風が近づいているそうで、ときどき雨がザッと銀色にしぶいて渡ってゆく日だった。乱歩先生みずからの筆になる「平井家墓所」の中で、香と花をささげ、懐旧一刻、それからついでに同じ霊園に眠っている大下宇陀児《うだる》先生の墓を求めて去った。

胸を掠《かす》めるのは、だれが数年前、この両先生の墓をわれわれが探して、こんな日にさまよい歩く光景を想像したろうか、という思いであった。

――いま、僕の書斎には乱歩先生の、「創作の限度について」と題する、僕の依頼によって書いていただいた八枚にわたる原稿が、たたみ一畳分の額に入れて壁面にかかげられている。

熱狂させる本格

のっけから甚だ恐縮な話だが、以前、横溝先生と小生とどこか一脈相似たところがある、と乱歩先生や水谷準先生に指摘されたことがある。どこが似ているのか、正確なところを忘れてしまったけれど、乱歩先生は一種の気質のことをいわれたような記憶があり、水谷先生は何だか没入性という形容を使われたような記憶がある。

忘れてしまったのは、こっちが変ってしまったせいだろう。もはやこっちは、一種の気質も没入性も雲散霧消してしまった。いまでは、どちらも経済的にはまったく幼児のごとく芸なしで、何の才覚も能もないのに、住宅難が最大の社会問題であるこの時代に、どういうわけかその点のほほんとして過して来られた、という奇蹟《きせき》的現実について、オレは横溝先生と似てるなあ、と思うことがあるくらいだ。ばかを言え、オレは決して幼児的なんかじゃないゾ、と叱られるならあやまります。

似ているどころか、作品の上でなしとげたことは、いうまでもなく「天と地」とである。終戦後間もなく「宝石」に連載されはじめた「本陣殺人事件」を愛読したときの昂奮《こうふん》はいまに忘れない。僕は戦前ほとんど「新青年」を読んだこともなく、従って探偵小説にはまったくの素人であった。横溝先生が「新青年」の名編集長でいらっしゃったというような知識は全然なかった。(この点を考えると、横溝先生と僕は似ているどころではない。僕に雑誌の編集など、曲りなりにも出来っこないからである)いまでも僕は、根っからの探偵小説好きじゃないな、と自認しているくらいだが、そんな素人を「本陣」は熱狂させ、陶酔させたのである。

乱歩先生は異常と思われるほど本格を鼓吹されたけれど、実作上ではついに本格派ではなかった。これを作品の上でみごとに大輪に開花された人が横溝先生であると思う。むろん、それ以前にも、甲賀三郎、浜尾四郎などという人もあるけれど、艶冶《えんや》なる開花という感じの作品は、日本推理小説史上、横溝先生を以て嚆矢《こうし》とするのではあるまいか。

そして本格の精巧絢爛《けんらん》たる城のあとをついだ人が、高木氏また鮎川《あゆかわ》氏などということになるのだろうが、これは生っ粋のいわゆる本格好きの期待に応《こた》えた人々であって、生来推理小説を好まないたちの人にとっては馬の耳に念仏である。しかし「本陣」「獄門島」「蝶々《ちょうちょう》」などは、元来は本格推理小説など受けつけないたちの素人をもひきずりこみ、充分に魅惑し、陶酔させてくれる。この魅力の根源は、「本陣」以前の横溝先生の諸作品、例えば「鬼火」などから発し、それがみごとに精緻《せいち》な本格物と融合した点にあるのではないかと思われるが、しかし同様にその種の文学的力量を具《そな》えていられた乱歩先生にしてついに成功されなかったところを見、また横溝先生以後を思うと、やはり日本推理小説史上、他にあり得そうであり得ない稀有《けう》の存在であるといわざるを得ない。

ところでまた私事になるが、乱歩先生の御墓所と拙宅がほど遠からぬ同じ多摩にあるというような縁もあって、近年、横溝先生の御光来を迎える機会に一度ならず恵まれることになった。

酒興極まるところ、そのお元気は、はじめてお目にかかった二十年前と全然変らない。乱歩先生の場合も、噂にきいた戦前の人ぎらいの乱歩先生など想像も出来ない円満な大人であったが、横溝先生も、「探偵小説四十年」に乱歩先生が描写されたような、「そのころは一面では妙に人見知りをするたちで、三白眼でジロッジロッと相手の顔を盗み見るという気味の悪い癖があり、突っかかって来るようなところもあり」というような、若き日の横溝先生のあともとどめず、天来の好々爺《こうこうや》のごとく天衣無縫にふるまって下さるのはありがたいことである。

誰も知るように、横溝先生は大病を患われたこともある。しかし、「一病息災といいますが、まったくその通りですね」と小生も心から感嘆したように、見たところ小生などよりはるかにお元気である。

ますます御息災でいらっしゃることをお祈りするとともに、いまひとたび「世阿彌《ぜあみ》の花」のごとき本格探偵小説を翹望《ぎようぼう》することは僕の夢であろうか。

大江戸ッ子

推理小説の醍醐味《だいごみ》はただ一つ、「意外な犯人」にあるというのが、私の不動の信念である。動機の問題や心理描写や文学性や、さらに推理そのものも、この最後の驚きを効果的にするための手段であって、社会派も倒叙物もエログロも、この「意外探偵小説」の手がなくなったための、苦しまぎれの傍流に過ぎない、と私は思っている。

むろん私には、そんなものは一篇も書く能力はない。ただ他の作家の作品を読んで愉《たの》しむだけであるが、残念ながら日本の作品にはこの種の名作が稀《まれ》である——と思っていた。

しかし、よく考えると、私にこの「意外な犯人」の快感を味わせてくれた最初の小説は、日本の——いかんながら推理小説ではなく——角田さんの「妖棋伝」なのである。年譜を見ると、昭和十年に発表されたものだが、私の読んだのは少しあとで、中学一、二年ごろであったろうか。

そのころ雑誌に出たであろう作家の無数の写真の中で、どういうわけか、若き日の角田さんが御新婚早々の奥さまと御一緒の写真だけふしぎに憶《おぼ》えていたが、まさかその御本人と後年お近づきになろうとは、むろん夢にも思わなかった。

後年――にはちがいないが、しかしまたよく考えてみると、角田さんにお目にかかったのは昭和二十年代の初期であったから、その写真の時代からわずか十年ほどに過ぎないが、しかし昭和十年から二十年に至る歳月は百年を思わせるほどの時代ではあった。

しかし、はじめてお目にかかった角田さんは、その御写真のころの角田さんとちっとも変っておられなかった。それどころか、それからさらに二十余年の歳月を経て、さすがにそのお髪《ぐし》は霜と化したが、御当人はふしぎに「青年」を思わせる。だれでも、そう感じて首をひねっているのではあるまいか。

お顔だちもさることながら、それはおそらくあの爽《さわ》やかで明るくて歯切れのいいお人柄のせいであると思われる。私の身辺には東京生まれの人も少くないが、特にそれを意識させる人は少い中に、角田さんはなぜかたしかに江戸ッ子を思わせる。

仰々しく表面に出ることを好まれず、さりげなく、人知れずに何かをする――という御気性も江戸ッ子の一面なのであろう。ということは田舎者は厚かましいということなのだが、田舎者にも二種あって、これはあまり感心しない消極派に属する私にとってはありがたい。

私は、どうも少々異常ではないかという自覚があるほど厭人派《えんじんは》（対自分を含めて）だが、実は一見明るい角田さんにも一脈か二脈、人間ぎらいのところがあるのである。

その角田さんを囲む「例の会」という江戸ッ子的センスの命名による小人数の集まりが

あって、そこからときどき厭人派の小生にお呼びがかかる。

可笑《おか》しいことに左党がいなくて、ただ閑日を駄弁に暮す泰平の逸民的会合で、何となく漱石のクシャミ家の面々を思わせるが、この集まりに於《お》ける角田さんの徹底的な御博識にはただただ驚くほかはない。

歴史的或《ある》いは社会的な知識の豊かなのは作家として当然であるが、あらゆる趣味、あらゆるスポーツ、浮世の森羅万象、話がそれに及ぶやいかなることでも角田さんの御存知でないことはない。しかもそれが微に入り細をうがち、花の話になればあらゆる花の栽培法、株の話になればどの株がモーカルカ、というのは少々あてにならず、株とは大根の兄弟分くらいにしか知識のない私は別にきいたこともないが、とにかくおそらくそんなことまで御存知ではないか、と思われるほどなのである。

打てば快音を発する人である。――だれかまだ角田さんに続々大快音を発せしめて、波《は》瀾万丈《らんばんじょう》の大伝奇を奏でさせる人はないか。

大下先生

大下宇陀児先生がお亡くなりになってからもう二年になる。

その訃報《ふほう》を、僕は蓼科の山荘できいた。

山荘というと大したものに聞えるけれど、なに、蓼科在住の推理作家土屋隆夫さんにお世話してもらった坪十六円だか二十円だかの――もっとも年間の借地代だが――山中にある小屋である。

大下先生の亡くなられたことをテレビニュースで知って驚き、白樺湖《しらかばこ》のほとりのホテルまで下りていって、東京の高木彬光さんに電話をかけた。高木さんの話によると、突然のことで、みなてんやわんやの大騒ぎで、目下お葬式の日どりも決まっていない始末だという。ところではたと困ったのは、二、三日後に東京から知人数人がマージャンをやりにこの山荘へやって来る予定になっていることだった。推理作家仲間ならまた話のしようもあるが、そういう方面とは全然無関係な知人だし、だいいち住所録も持って来ていないので、住所の番地の記憶もあいまいで、連絡のしようがない。どうしたものかな、と相談したら、高木さんは、

「避暑にいって帰れない人がたくさんいるよ。そういうわけなら、まあお葬式は失礼して、帰京してからおくやみにでもいったらいいじゃないか」

と、いってくれた。

で、申しわけないが、そうさせてもらうことにした。その話のついでに——

「高木さん、いちどこっちへ来て見ないか」

と、誘った。彼はまだこちらに来たことがない。

「小屋はともかく、湖はすぐ下にあるし、蓼科温泉も近いし、涼しくてほんとにいいところだよ」

「いつまでいるんだ」

「さあ、二十日ごろまでいるつもりだが」

と、答えて電話を切った。

さて、東京からの知人たちがやってきて、遊んで、去った。山の潮騒がひいたようにがらんとすると同時に、蓼科には冷雨がふりはじめて、涼しいのを通り越して肌寒くさえなった。「何やら寂しいな。そろそろこっちも帰ろうか」と急に里ごころがついて、蓼科から引き揚げたのが十八日のことである。

これが迂闊《うかつ》な大失敗で、なんと同じ日、高木さんは一家で蓼科へむけてやって来たのだった。そういえば僕はたしか二十日ごろまでいるといったような気もするが、何しろ電話の目的が大下先生のお葬式の話で、蓼科への誘いはほんのつけたりだった。もっとも決して心にもないお愛想ではなく、来ればむろん大歓迎するのである。ただ高木さんは僕の山荘のことは知っているけれど、よく考えて見れば、白樺湖周辺の山中にあるということ以外所在も知らないはずであり、だいいち番地なんてものがあるのかどうか、僕自身も知らないのである。ああはいったが、まさかやって来るとは思わなかった。来るならばいつか、こちらが同伴してつれて来るよりほかはあるまい——というより、全然右の問答は忘れて、けろりと東京へ帰っちまったのだから、僕の無責任もまたきわまる。

なんぞ知らん、蓼科へ駈《か》けつける高木さん一家の車と、東京へ急ぐ僕一家の車は、信州か甲州の道路を知らぬが仏で颯爽《さっそう》とすれちがったのであった。

高木さんは、山荘の所在を知っているただ一人の雑誌社の人にきき合わせて、その場所をつきとめたのだという。——蓼科にいって鍵《かぎ》をかけた無人の山荘を訪ね、ホテルは予約客以外は受けつけず、大困惑したとあとできいて、高木さんはべつに怒りもしなかったが、こちらは身も世もあらぬ思いがしたことはいうまでもない。

さて、去年の夏、また蓼科へ出かけて、一年前のその騒動を思い出した。そして一周忌の記念に大下家から戴《いただ》いた御遺著の「釣・花・味」という随筆集を、山荘のヴェランダの籐《とう》椅子で読み出した。

ところが、「ぼくは原始人」という一篇を読んでいると——

「釣のために、ずいぶん義理をかく。出かけるときめておいた日に、あいにくなことで、黒枠つきの葬式通知がくる。釣にはゆけなくなるはずだけれど、弔電で義理を果たせる場合だと、いささか良心の苛責《かしやく》を感じつつ、そのまま川へいってしまって、〝逝くものはかくの如し、昼夜をおかず、南無阿弥陀仏《なむあみだぶつ》〟と唱える」

と、ある。一年前のことを思い出して、大下先生もわかって下さるワイ、と胸をなで下ろしながら読んでいると突然――、

「義理を欠くのは、しかし、釣ばかりではないだろう。山田風太郎は麻雀で同じことがありはしないか」

という文章が出て来たのにはびっくり仰天した。何も山田風太郎などが出て来る必要は全然ない文章である。

いつ書かれた随筆であろうか。全然お見通しであった。

幻物語

このごろ「幻の名作」「幻の作家」がはやる。世に埋もれた名作、忘れられた鬼才というような意味だろうが、僕の大まかな結論からいえば稀有《けう》な例外を除き、そんなものはまずあり得ないということである。埋もれ、忘れ去られるにはそれだけの理由があるように思う。

僕の見るところでは、その稀有な例外に大坪砂男氏がある。しかし、その作品、また作家としての大坪氏を云々《うんぬん》するより、僕にとって大坪氏という存在そのものが、幻のような印象を残している。晩年の大坪氏は知っている人が知っているようなていたらくであったが、その初期を思い出すと、特にその感が深いのである。大坪氏が「天狗《てんぐ》」を書いて登場したころ、彼はばかに僕を買ってくれた。信州から、語るに足るのは汝《なんじ》のみ、というような手紙をもらったおぼえがある。そして。——

いや、ここで書こうとしたのは、作家としての大坪氏ではない。突飛なようだが、実は「蕎麦《そば》」についてのことなのである。「幻の……」という形容詞をきくと、どういうわけか僕はふと蕎麦のことを思うのである。この場合、この形容詞はちょっとちがった意味になるけれど。

先日、食通の某氏と酒談していて、この世にないとしたら困る食物はお互いに何だろう、ということについて談じ合った。両者それぞれ挙げたものが相違したのは当然だが、その中に僕は蕎麦を挙げかけてやめた。

蕎麦のうまさについて語られた味覚随筆は多い。それが僕にもわかるような気がして、色々と食べて見るのだが、いつもそのあとで僕はくびをかしげる。「これがほんとうの蕎麦なのか知らん？」

ちがう。どこかにあの随筆に書かれたような神来の蕎麦があるにちがいない——という、痒《かゆ》いところを掻《か》いてもらえないような感じがいつも残るのである。つまり「幻の蕎麦」がどこかに存在するような。

「こりゃ、カザノヴァ的な女好きが、何十人かの女を味わってみて——これがほんとうの女なのか知らん？　もっとほかに、天上的な女性がいるのではなかろうか？——と、永遠にかつえているのと同じ現象じゃないだろうか」と、笑ったものである。

で、どうも甚だ不風流な話だが、現実的に僕は、同じ蕎麦でも中華蕎麦の方にはそんな妙な不満を感じない——と思っていた。

ところがまた、よく考えてみると、中華蕎麦には全然満足しているかというと、ここにも幻の中華蕎麦がやはり存在するのである。

僕は中華蕎麦のうちでも、冷やし蕎麦が好きなのだが、その根源は――というと、ここで話が大坪砂男氏に結びつくのである。

つまり、右にいったようなころであった。或《あ》る日、当時芝西久保巴《ともえ》町にあった旧宝石社で大坪氏とはじめて逢《あ》った。そして手を携えて帰る途中、町で冷やし蕎麦をオゴられたのである。戦後間もないころで、実にそれが僕が冷やし蕎麦なるものを食べた最初の経験であった。そして、菊池寛の随筆に、はじめて親子丼を食べたとき、世にこれほど美味《うま》いものがあるかと驚倒したという話があるが、僕も冷やし蕎麦を食べたとき、それと同様の感をおぼえたのである。

爾来《じらい》、二十何年、何百回冷やし蕎麦を食べたか知らないが、その味、そのコク、そのまろみ、これに匹敵するものを食べたことがない。その後、ひょいと思い出して、その店を探したこともあるのだが、虎の門附近という記憶があるだけで、それは怪談猫町のごとくその跡も知れず、ただ僕に常人以上の冷やし蕎麦好きという、女房が変な顔をするほどの一嗜好《しこう》を残したにとどまった。

しかし、大坪砂男氏にオゴられたことのあるのは君一人じゃあるまいかと笑う人が多かろう。そう思うにつけて、いよいよこの話は幻じみている。幻の作家にオゴられた幻の蕎麦物語。

変な初対面

ギックリ腰をやったのは、もう十何年か前になる。ある夏の日、終日草むしりをやって——それも自分の家の庭ではなく、物好きにも隣の空地の草むしりだが——その夜、机に向って仕事をしていて、くたびれて仰向けに横たわり、さて起き上ろうとしたとたん、突如ギクッと腰に激痛が走ったのがはじまりだ。

そのときは数日の横臥《おうが》で癒《なお》ったのだが、それから、一、二年してまた再発し、しだいにその間隔が短くなり、しかも臥床《がしょう》だけでは癒らなくなった。

するとあるとき、横溝正史御夫妻が拙宅に遊びにおいでになって、酒談にこの持病の話をしたら、成城のある鍼《はり》医院にいってみたらどうだろう、とおっしゃった。横溝家では、何かといえばそこを愛用（?）していられるらしい。「まあ、だまされたと思っていってごらんなさい」と、奥さまはおっしゃる。

当時はまだハリの卓効が世間に云々されていないころだ。申しわけないが、私ははじめ一笑に付していたが、その後またひどい腰痛でどうにもならなくなったとき、ものはためしと、そこへ出かけて見た。

すると——実に驚くべき効目《ききめ》のあったことを私は知った。とにかく鍼を筋肉にたたきこむのだから痛くないはずがない、と心配していたのだが、これが全然痛くない。ときにそういう感じがしないでもないが、それは痛みというより、痛みのシコリをときほぐすような快感ですらある。そこへいったときは車の乗り降りさえ不自由な状態であったのが、別人のごとくピンピンして出て来たのである。

マージャンと鍼を発明したことだけでも、私は中国民族の偉大性を認めないわけにはゆかない。

それ以来私は、腰痛の起るたびにそこへ駈けつけるようになった。（ただし、どういうわけか、後にはあまり効かなくなりましたがね）

数年前のある春のことである。ゴルフの練習をやり過ぎて、私はまた腰痛を起し、その鍼医院へ出かけた。

そして、例のごとく上半身裸になってベッドに横たわり、鍼を打ってもらっていると、突然部屋の中のマイクが、

「カイオンジ・チョーゴローさん！　何番のベッドへどうぞ」

と、いった。

ややっ、と私は驚いた。何番のベッドとは、いま空いたばかりの隣のベッドらしい。

そのとき私は右を下にして横たわっていて、隣のベッドとは反対の方を向いていたのだ

が、やがてそのベッドにだれか来て横たわった気配である。——

そのうち、いつものように、こんどは左を下にして下さいと、いわれるにきまっている。

そうなると、いやでも隣のカイオンジ・チョーゴローさんと向き合うことになる。

そんな名がほかにあるものではない。海音寺潮五郎氏にきまっている。——私はそれまで海音寺先生とはお逢いしたことがなかった。

ところでその鍼医院は、繁昌《はんじょう》しているにもかかわらず、義理にも豪華とはいいかねる建物である。昔の小学校の教室みたいな広い部屋に粗末なベッドをならべて、そこに裸の患者のむれが横たわり、影のように動いているのは、くたびれたような白衣を着た盲人鍼医ばかりで、何となくわびしい風がながれている。

こういう世にも哀れな状態で、この両ブンゴー（ということにして下さい）が初対面の機を迎えるのか！

と考えたら、突然激烈な笑いの発作がコミあげて来た。それを抑えようとして全身の筋肉を緊張させたら、

「あ、痛いですか」

と、うしろの鍼医が心配そうにいう。触覚で筋肉の緊張がわかったらしい。

「いや、何でもありません」——

と、私は答えたが、数分たつとまた笑いがコミあげて来て、筋肉をギューッとしめる。

すると、鍼医がまた鍼を打つ手をやめて、

「痛いですか」

と、訊《き》く。——そんなことが、何度か繰返された。

ついに「あっちを向いて下さい」と、いわれ、私は反転した。そして、まさしく写真で知っている海音寺潮五郎先生をそこに見た。

海音寺先生は白い着物を着て——いや、それをぬいでステテコだけの姿になって——気持よさそうに眼をとじていられたが、そのうちに眼をあけられた。

私は名乗り、挨拶《あいさつ》した。そして、

「どこがお悪いのですか」

と、尋ねた。

「いや、肺も悪く心臓も悪く、胃も悪く肝臓も悪く、神経痛で血圧が高くて、私ゃもうダメですよ」

と、先生はいかつい顔に似合わぬやさしい声で答えられた。

そして私がゴルフの練習で腰を痛めたことをいうと、こう見えて、文壇でいちばん早くゴルフをやったのは私でね……と、昔話をはじめられた。

これが私が海音寺先生にお逢いした最初で、かつ最後の機会であった。両人横たわったままの初対面とは……と、あとになっても思い出して、クスクス笑い出さざるを得なかった。

それから数年後、娘さんほど若い奥様を新しく迎えられたという噂を聞いて、オヤオヤ、わたしゃもうダメですよどころではないではないか、と眼をパチクリさせ、ひそかに祝福申しあげていたら、昨年とうとう亡くなられたというニュースに接した。

絶品「味覚極楽」

数年前「小説現代」の編集長が、股旅《またたび》小説を復興させようと思うのだが、一つやって見る気になりませんか、と持ちかけてくれたのに対し、私はウーンとうなった。ウーンとうなった理由の大半は、そのとき長谷川伸と子母沢寛が頭に浮かんだからである。

新しく股旅小説をはじめる以上、むろん先人の真似をしては意味がないが、さればといってたんなる思いつきや目先の変化くらいでは、とうていこの御両人とは張り合えるものではない……など考えて、私はウーンとうなっただけであったが、その編集長の意欲の結果がおそらく笹沢さんの紋次郎となったのではないかと思われる。

といって、長谷川、子母沢二大人（なんとそのお人柄がこの言葉にふさわしいことよ）の股旅小説のすべてを私が知っているというわけではなく、前者において戯曲、後者において小説の数篇を読んだおぼえがあるだけだが、それだけでも私に無謀な追随をあきらめさせるに充分なるものがあった。

子母沢さんのもので、私がとくに嘆賞してやまないのは「紋三郎の秀」である。これほど短くて、これほどみごとで鮮やかな股旅小説――に限らず、時代小説を、ほかの作家にも余り見たことがない。

これを子母沢さんは「幼稚なる私の処女作」といっておられる。御謙遜《けんそん》かと思うが、一方では「あばれ行燈《あんどん》」を「おこがましいけれど、今も尚いささか自負するところのもの」といっておられるから、やはり作者自身の物差しをあてての言葉であろう。そこで私はまたウーンとうならざるを得ないのである。一つの作品で作者と読者の評価のちがうことのあり得るのは珍しいことではないけれど、ここにその好例を見るような思いがする。

もう一つ私に、ウーンとうなったまま拱手《きょうしゅ》させてしまったのは「新選組始末記」である。私は真正面から新選組を扱ったことがないが、それもこの名作あればこそである。ほかにもすくなからぬ作家の新選組物語があるにちがいないし、私はいちいち読んだことはないけれど、「始末記」を超える——滅びゆく新選組の凄惨《せいさん》さと哀愁を描き切った作品が、そうざらにあろうとは思われない。

そしてまた子母沢さんの全作のうちで、私がウーンとうなった最大のものは「味覚極楽」である。小説よりもこういう随筆のほうがいい——などいういいかたは、よくある手の実にイヤミな批評だということは重々承知しているけれど、実際にはじめてこれを読んだときに陶然とし、一番感心したのだからしかたがない。

「朝からちらちら雪が降っていた、小座敷に真紅《まっか》な炭火をどっさり運ばせてそれへ鍋《なべ》をかけ、大きな大根を皮ごとぶつっと輪切りにしたのを昆布を敷いて、その上でぐたぐた煮ながら、箸《はし》でつまんで、唐がらしのちょっとはいった生醬油《きじようゆ》をつけてふうふう吹きながら湯豆腐のようにして食う」

などいう文章を読むと、私はフロフキ大根なんかちっとも好きじゃないけれど、思わず今夜はこれでゆこうといいたくなる。

味覚随筆の真髄は、それを食べている雰囲気の描写、材料や料理の解説などに妙を得ていることが必要な上に、何よりまず読むほうにそれを食べたくなる欲望を起させることにあるが、その点この子母沢さんの「味覚極楽」は、獅子文六さんの同種の随筆とともに日本の味覚文学の双璧《そうへき》であると思われる。その根源は何よりもその文章力にあり、これほど粋で慈味があって闊達《かったつ》自在な文章はちょっとほかに思い浮かばない。

年がよって病院にでも入らなければならなくなったようなとき、十冊の書物を持ってゆくことを許されるなら、私はその中に、漱石の「硝子戸の中」「思い出すことなど」の或《あ》る部分とこの「味覚極楽」を是非いれたいと思っているほど、ここには人間と浮世へのなつかしさが充《み》ち満ちている。絶品である。

愛すべき悪漢「丹下左膳」

「さっきの雷鳴で、雨は、カラッと霽《は》れた」

まずこの書き出しに感心する。もったいぶらず、仰々しからず、実に軽快で鮮やかな書き出しである。

この書き出しから始まる丹下左膳《さぜん》の物語のような、ハイカラでしゃれた味の時代小説は現代にはないのではないか。この丹下左膳の林不忘にかぎらず、その前後に出た久生十蘭《ひさおじゅうらん》、或《ある》いは同じころ全盛を極めた雑誌「新青年」などを思うと、昭和十年前後というのは奇妙な時代であったといわざるを得ない。一方で、同時に、支那《しな》事変や太平洋戦争でいっせいに湧き出したあの野蛮人たちを内包していた時代だからである。

そういえば、林不忘という人もふしぎな人である。江戸川乱歩の「探偵小説四十年」を読むと、大正の末、不忘が乱歩に送った手紙に、「私よりも直接川口（松太郎）氏へ拙稿の御採否おうかがい申しあげておきましたが、尚あなたからも重ねてお言葉添え願いたく、くれぐれもお願い申しあげます」

とか、

「苦楽から原稿返送して来たので読み返してみると成程面白くありません。で、又一つ書いて送っておきましたが、今度はうまく採ってくれればいいと思います。一生懸命のところです」

とかあり、乱歩もいっているように、「この人にもこんな時代があったのかと、感慨の少からぬものがある」

楽屋裏と舞台とは別だといえばそれまでだが、この鄭重《ていちょう》で篤実な文体から、数年後のあんな天馬空をゆくような快調軽快の文章が出て来ようとは想像もつかない。まるでさなぎが華麗な蝶《ちょう》に一変したようだ。

これほど奔放な才気を持ち、しかも作家を志して、なお雌伏の運命に置かれているということは、現代ではまあなかろう。出るに易い現代が当然なのか、出るに難《かた》かったあの時代が当然なのか。

ともあれこの「丹下左膳」は、一世を風靡《ふうび》した小説としては最初の「悪漢小説」ではないかと思われる。その前後にやはり時代の人気者となった宮本武蔵にしても鞍馬《くらま》天狗《てんぐ》にしても銭形平次にしても、むろん正義の大道をゆく人物で、それだけにどれにもいささか「偽善者」の面影があるのだが。

悪漢といっても、外国の小説にあるように毒々しい悪漢ではない。そうそう、日本にももう一つ、その大きな例があった。「大菩薩峠《だいぼさつとうげ》」であるが、その机竜之助《つくえりゅうのすけ》に比して、この丹下左膳は御覧のごとく、実に愛すべき悪漢である。軽いというなかれ、こんなタイプの主人公を創造することは、もう誰にも出来やしない。

主人公の左膳のみならず、ほかの柳生源三郎という色男にしろ、敵役の峰丹波にしろ、妖婦《ようふ》役の櫛巻《くしまき》お藤にしろ、登場人物ことごとく憎めない陽性の人間ばかりで、そもそも作者ははじめから悪人などを書こうとしてはいないのだ。ここがこの小説が日本人のだれにも愛されたゆえんであろう。

小説そのものが愛されたのはいうまでもないが、丹下左膳が一世を風靡したのは、やはり映画のおかげも多大であったと思われる。大河内伝次郎という、あとにもさきにもない左膳役の個性とめぐり逢《あ》い、これによって現実的な影像を与えられたということが幸福である。当時、ほかにも林長二郎の雪之丞《ゆきのじよう》とか、嵐寛寿郎の鞍馬天狗ないしむっつり右門とか実に恰好《かつこう》なはまり役があったが、しかし大河内伝次郎と丹下左膳という、これほどぬきさしならぬ絶妙の合体から見ると、それらはまだほかに代役の可能性もないではないと思われる。

——僕が丹下左膳を読んだのはいつごろであったろうと考える。新聞ではなく、単行本、すなわち今から思うと新潮社から出された「一人三人全集」を読んだのだが、この種の単行本は買わない田舎の医者の家庭で、たしか近所の村の魚屋さんの二階で——そこに一クラス上の友達がいた——読んだ記憶がある。小学校五、六年のころではなかったか。

「一人三人全集」のうちには、「丹下左膳」以外のものもあったはずで、それも読んだにちがいないが、これ以外には記憶がないのは、丹下左膳がよほど面白かったのか。それともその年齢では、それ以外のものの面白さは頭に残らなかったのか。

この前篇にあたる「大岡政談」は、中学に入ってから読んだ。そしてそのときは、「大岡政談」の方が「丹下左膳」よりうまく出来ていると思った。

しかし、いまはそうは思わない。

「丹下左膳」の方が「大岡政談」よりもさらに天空海闊《かいかつ》である。徹底的に人を食っている。この点についてふしぎでもあり、感服もするのは、作者はこの左膳を書くにあたって、あらかじめプロットをよく考えていなかったのではないかと思われるふしのあることだ。「こけざるの壺」の処理などを読むとそう感じられる。

よくいえば天衣無縫、悪くいえばゆきあたりばったり、当時大毎東日に連載するといえば大変なことであったろうと思われるが、大胆不敵なことである。

そういえば丹下左膳に限らず、大衆小説の名作の大半は、たいてい出たとこ勝負のところがあるようだ。「大菩薩峠」然り、「宮本武蔵」にしてもそのきみが感じられるし、「赤穂浪士」にしても前半と後半は作者の態度が一変している。おそらく好評のため延長拡大されたせいであろうが、それだけに作者の筆に天馬空をゆく昂揚《こうよう》があらわれ、かくていよいよ一世を風靡するということになったのであろう。こうなるとすでに作者と読者の合作といっていいが、そこまでゆく作品は稀《まれ》である。

従って左膳も右の稀な名作群とひとしく、これからも長く読者に愛されつつ残るだろう。よく純文学の方の作家や批評家が、大衆文学読み捨て論ないし再読不可能論をいうけれど、そういう論法からすれば純文学の方も現実的にはたいてい読み捨てられるものであり、また再読するなどということは稀なものではないか。むしろ純文学の方はザコのトト混り式にいわゆる文学全集中の一巻として入るに過ぎず、実際は「積《つ》ン読《どく》」の運命に置かれるものが多いのに対し、大衆小説の方の名作は、それ自体が独立不羈《ふき》の力を以て、繰返し世に出る例が多いのではないか。

それらの名作は、いずれも、若しそれがそのままのかたちで現代に発表されたとしても、充分世に迎えられるのではないかと思われるのだが、「丹下左膳」もその魅力は具《そな》えており、かつ後の世まで愛されつつ、まだまだ残る権利を主張し得ると思われる。

そしてまた作者の林不忘も――一個の能力が死んで、あとでなお生かしておきたかったと思われる例は、正直なところあまりないものだが――不忘の才気は、その稀な例の一つのように感じられる。そしてこの作者がまだ長命していたら、若い日の乱歩あての手紙に見られるような篤実な一面がまた現われて、案外シリアスな方面へいったのではないかと思われるふしがある。

もっともそういう一面も、猛虎が猫をかぶっていたのであったか。――

大魔力

十年ほど前、忍法小説の第一篇「甲賀忍法帖《ちょう》」を書くとき、「忍法帖」としようか「忍術帖」としようか、迷った記憶がある。

　忍法という用語が定着していなかったからだが、しかし僕がそれを発明したという覚えもない。定着していなかったにしろ、どこかにこの言葉はあったのである。

　いったいそれが何に由来したか、長い間僕はくびをひねっていた。それが最近「神州天馬俠」の中に「忍法試合」という言葉が出ているのを知るに及んで、やっと多年の疑問が氷解した。むろん、完全に忘れていたが、ほかに覚えのない以上、その淵源《えんげん》はここにあったと推定するよりほかはない。

　そして、たんに忍法という用語ばかりではない。よくよく考えてみると、立川《たつかわ》文庫を読んだ記憶のない——立川文庫が流行したのは僕の生まれる以前のことであったらしい——僕に、忍法小説などを書く能力を与えたのは、ほかの何よりも、少年時代に読んだ「神州天馬俠」などの面白さではなかったかと思うこともある。変形も甚だしいので、吉川さんが生きていられて、こんなことをきかれたら憮然《ぶぜん》とされるにちがいないが。

それにしても、吉川英治、なんというなつかしい名であろう。生きていられたころから、それはなつかしい名前であった。

小学校へゆく前から、僕はその名を知っていた。家に蓄音機があって、「鳴門秘帖」の映画説明のレコードがあったからである。そして小学校時代は「神州天馬侠」であり、「竜虎八天狗《てんぐ》」である。もっとも、そのどちらも雑誌に連載されたのは僕の小学校以前で、古雑誌をもらってとぎれとぎれに読んだのだが、それでも充分面白かった。中学時代は「宮本武蔵」だ。下宿していた家の御隠居が、新聞を待ちかねていたが、中学生と老人が、その面白さに意気投合する小説なんてめったにあるものではない。

そしてまた小学校当時から愛読し、大人になって以後もなお愛読させる作家などというものは、吉川英治を以《もっ》て空前絶後とするであろう。

右にいったように、「天馬侠」や「八天狗」はとぎれとぎれに——特に後者など、ただ途中の一回分だけ読んだのだが、その面白さの想い出にひかれて、大人になってから、戦後単行本になったものを通読したが、昔自分の読んだ個所が、全篇中いちばん平凡な部分であったので驚いた。

つまり、それでもなおかつ少年の胸を魅する力があったのである。

この前の戦争中の手記を数多く読むにつれて、将軍、将校、兵、学徒兵、あらゆる階級にわたって、いたるところで彼らが吉川英治を愛読し、しかも死生を超越する鍵《かぎ》として読んでいるのを知って、深い感慨にふけらずにはいられなかった。これをいまの頭で批判するのは易しいが、ともかく明日は死ぬというかくも多数の人間に、必死に読ませるという力はただごとではない。魔力といっていいほどである。

この力はどこから来たか。

あのたぐいまれな空想力もあるであろう。抜群の物語の構築力もあるであろう。しかし何よりも、それは吉川さんの異常なばかりの熱情にあるのではないかと思われる。

対女性の場合、最もそれは顕著だが、およそ人を服せしめるもの、知能や金銭ではなく、まず熱情だというのが――この性質の最も乏しい僕の見解だが、吉川文学の中にこの力が圧倒的である。

宮本武蔵の中にも、例の般若野の決闘に際し、少年城太郎がこんな歌を唄《うた》って狂喜乱舞するところがある。

「なア鴉《からす》

奈良ばかりじゃないぜ

大掃除は時々必要だよ

自然の理だよ

万物が革《あらた》まるために

生々とその下から春が来る、云々」

この時代、子供がこんな歌を唄うか、と失笑するのはまちがっている。ここには作者の精神の昂揚がある。理屈を超えて、作者自身があらんかぎりの声をあげて歌っている。（しかも一方で、当時の戦争讃美《きんび》にみごとに合奏しているところがにくい。大衆作家はこれくらいの芸は持たなければならない）それが大衆を打つのである。

こういうことは、かたちは全然ちがっても、詩や純文学の名作にも必ずあるだろう。

吉川文学雑感

吉川英治氏が亡くなって、その哀悼と礼讃《らいさん》の言葉とともに、生前あまり耳にする機会のなかった評語をもきくようになった。

「吉川文学はこれから多難な運命に会うだろう」（山本健吉氏）とか、「新平家全巻が奇文の連続だ」（林房雄氏）とか、「非常に創造力の乏しい人で、ちっとも革命的なところがない。その二点が重なって、国民文学とはいえない」（杉浦明平氏）エトセトラ。

人間はうっかり死ねない、と考えたら、少し可笑《おか》しくなった。もっともこの評者たちにいわせれば、何も死んだからはじめていい出したことじゃない、というだろう。

○

吉川英治氏が「非常に創造力の乏しい人」であったか、「革命的なところがなければ、国民文学とはなり得ない」か、杉浦氏の意見は素直な人間には、やや個性が強すぎ、それこそクリエーティブで、革命的でありすぎるようだ。

吉川氏の「奇文」については、私はむしろその新造語の大胆不敵さと、それがいかにもそれらしい気分を作り出すのに感心していた。しかし、文章的に神経質な人には気にかかるだろう。夢声氏の話術は天下一品ということになっているが、あの個性に顔をしかめる人があると同じだ。考えてみると、話術界における夢声氏にも、吉川氏と同じような評語が加えられそうな気がする。

吉川氏の新造語は、吉川文学の世界を作りあげる独特の建築材だと認めるが、しかし、この能力が随筆や手紙などで発揮されているときは、私もときどき背中を逆なでされるような気持にならないこともない。

○

吉川文学は「これから多難な運命に会う」だろう。それがどんな経過をたどるかわからないが、吉川氏の真骨頂が「新平家」や「私本太平記」にはなくて、「鳴門秘帖」や「宮本武蔵」にあるということが定説になることはまちがいないように思われる。

「いや、それより、吉川小説の原形はすべて神州天馬侠にある。城太郎は鞍馬《くらま》の竹童で、お杉婆さんは吹針の蚕婆あで、お通さんは咲耶子だ」

といった人がある。なるほど、そんな気もする。

吉川英治氏の少年小説は、たしかに当時の少年を熱狂させた。後年大人になって、はじめて「あれはいい小説だったな」と思い出させる性質の少年小説ではなく、あとになってみると、どうしてあんなに面白かったのかふしぎなくらいなのだが、ともかく少年自身を夢中にさせるものがあった。その魔術は何であったか。

私はそれは、吉川氏が少年に帰り得る人だったからではないかと思う。「少年にいい読物を授けてやろう」というような気持からではなく、吉川氏自身が少年に復帰して、満腔《まんこう》の熱血を以て書いたもので、それが少年の胸に共鳴を起したのだ。

吉川氏は「稚心」に帰れる人であった。そして、その「稚心」は、「鳴門秘帖」や「宮本武蔵」にも尾をひいている。（ついでにいえば、「大菩薩峠《だいぼさつとうげ》」にはこの稚心はない）大人になってふりかえる眼は、批評家の眼だ。批評家が吉川文学にひっかかりをおぼえるのも、この「稚心」ではないのか。

もっとも、「稚心」とは何かというと、これはまた別に考えてみる必要がある。

○

吉川文学は「多難な運命に会う」――つまり後代いつまでも読まれるか。

「鳴門秘帖」や「宮本武蔵」は、いつまでも大衆の「稚心」に訴えるような気もするが、断定はできないが、残念ながら私は悲観的である。

それは文学的にどうということではなく、中野好夫氏が晩翠《ばんすい》の「星落秋風五丈原」を、それが氏の少年時代愛唱して涙がにじんでくるのを禁じ得なかったほどの感動をあたえたにもかかわらず、すでに現代の青年にはそのような共鳴現象が起りそうもないとみて、「もはや時代が移ってしまったのだといえば是非もないが、なにか私などの年輩のものには一抹の寂しさを禁じ得ない」と評した事実と同種類の意味からである。

げんに私は、最近馬琴の「八犬伝」を読んだが、ついに途中で放り出してしまった。それとおなじ現象が、もっとスピーディーに起りそうな気がするのである。

あげあしとり

「……あっ？」

武蔵《むさし》は、その時、思わず身を離した。女は男以上に勇敢だった。刎《は》ね起きざま、良人《おっと》の捨てた短刀を拾って、再び、武蔵へ斬りつけて来たが、

「……を、をばさん？」

武蔵が、意外な言葉を与えたので、賊の妻も、

「——えっ？」

息をひいて、喘《あえ》ぎながら相手の顔をしげしげと——

「あっ、おまえは？……オ、武蔵《たけぞう》さんじゃないか」

今もまだ、幼名の武蔵《たけぞう》を、そのまま、自分へ呼ぶ者は、本位田又八の母のお杉ばばを措《お》いて、誰があろう？

怪しみながら、武蔵は、そう馴々《なれなれ》しく自分を呼んだ賊の妻を見まもった。

右は、有名な吉川英治の「宮本武蔵」——「空の巻」の中の「虫焚《た》き」の章である。

さて読者諸君、右の一節を読んで、変だと思うところを、一分以内に答えてから、これ

からあとの私の文章を読んで下さい。

これは武蔵が信州で山賊の妻となり果てた旧知のお甲という女に襲われる場面だが、それが旧知のお甲であることにまず武蔵が気がついたから、「を、をばさん?」と呼んだのである。そして、そう呼ばれたからこそ、相手が驚いて、「あっ、おまえは?……オ、武蔵さんじゃないか」と答えたのである。

ああ、それなのに、今さら武蔵が、自分の幼名を馴々しく呼ぶものは誰だろうと、怪しみながら相手を見まもるという法はないではないか。

いや、自分のことは棚にあげて、人さまの作品のあげあしをとるのは趣味がよくない。論理一点張りであるべき推理小説ですら甚だあやしげなものが多いことはどなたも御存じの通りであり、特に私のものなど指摘されると降参するよりほかはないものがあるにちがいないけれど、——これはあまり人口に膾炙《かいしゃ》した「名作」だから、ここで俎《まないた》にのせるのである。世にこれを有名税という。

以下は私の推理である。——

吉川さんは右の章の前半部分を書かれたあと、ヘトヘトになって一眠りされたに相違ない。そして、眼をさましてから後半部分にとりかかったとき、ついうっかり前半の文章のいきさつを忘れてしまったに相違ない。

こういううっかりは、そんな場合、私もやりかねないから、実作者としてわからないでもない。

それからまた、

「宮本武蔵」のクライマックスは吉岡一門との決闘だが、これはそれが終ってから武蔵が江戸へ下ってゆく途中の話である。作者としては、渾身《こんしん》の力をふるってそこをみごとに描き去ったあとの、中だるみ的な気のゆるみもあったかも知れない。逆にまた、その吉岡一門との戦いと大詰の船島の決闘とのあいだに八、九年の歳月がたつのだが、これからその長年月をいかに武蔵に過させようかという悩みもあったろう。張りつめた場面では作者はめったにミスをしないものだが、ああしようか、こうしようか、或《ある》いは、ああでもない、こうでもないと迷っているときは、クライマックスを書いているときよりくたびれるもので、そんな疲れのせいもあったかも知れない。

しかし、むろんこれはこの「名作」にとって致命的なミスではない。推理小説の大長篇を書いて、あととんでもない論理的ミスに気がついて、訂正しようにも全篇ぬきさしならぬことになっていて、どうにもこうにもならないというような悲劇ではない。作者がこの部分だけ、ちょっと書き改めればすむことである。しかし、発表以来、作者の死まで三十年ちかく、このままで通って来たところを見ると、吉川さんはついに一生気がつかれなかったことと思われる。

それにしても不思議なのは、吉川さんには百万と称する熱狂的な愛読者があり、また身辺にも讃美者《さんび》がウヨウヨしていただろうに、最初に発表された朝日新聞はもとより、以後「宮本武蔵」が何百版か版を重ねるあいだ、だれもこのことを指摘して教えてあげた人がなかったのであろうか。まったくファンというものは、あてにならんものである。

尤《もっと》も、そんなことをえらそうにいう私だって——私はめんと向って吉川さんにお会いしたことはないけれど、もし生きていられるあいだに気がついたら誰かを介してこのことについて御一考願いたかったほどであるが——それまで少くとも三回くらい眼を通したであろう宮本武蔵のこのミスに、気がついたのは、つい二、三年前という始末であった。

あてにならんといえば、吉川氏が亡くなったとき、読売新聞にある高名な評論家が「吉川英治論」を書いたが、中で堂々と、「吉川英治はついに忠臣蔵を書かなかった」と意味ありげに書いていたことをおぼえている。ところが、吉川英治には「新編忠臣蔵」というのがちゃんとあるのである。

——吉川文学の中でも出来栄えでは上位クラスに属する——作品がちゃんとあるのである。

これは、うっかり、ではすまされない。余りよく知らないで「吉川英治論」を書くものだからそういうことになるので、まあ、ひとのこととなると、たいていはこんなものである。

漱石と「放心家組合」

江戸川乱歩が選んだ古今の推理短篇小説ベストテンの中に、ロバート・バーの「放心家組合」（あるいは「健忘症連盟」）という作品がある。

この短篇は乱歩ほどの人が選んだのみならず、世界の各種の推理短篇ベスト集の中に、必ず、しかもポーの「盗まれた手紙」につぐほどの上位にランクされているものだそうである。

乱歩のいわゆる「奇妙な味」に属する小説で、「奇妙な味の小説」と「奇妙な小説」とはどうちがうか、と、いざ具体的な例をあげるとなると案外混乱して来る。それほど微妙な味の差だが、乱歩の表現によれば「無邪気なる残虐」味の有無ということになる。私はむしろ「何くわぬ顔の恐ろしさ」と表現したい。

私の感じによって、推理小説以外の奇妙な味の作品例をあげると、チェホフの「六号室」とか、百閒先生の或《あ》るものがそれにあたり、モーパッサンや久生十蘭《ひさおじゅうらん》にもこれに該当するものがありそうで、ややちがう。後者は前者のごとき天衣無縫の「何くわぬ顔」を持たないからである。すなわち「有邪気」だからである。

さて、それほど短篇推理小説として高く評価されている「放心家組合」とはどういう内容かというと――推理小説のトリックないしアイデアを紹介するのはタブーなのだが、この場合、それを紹介しないとこの文章の意味がないので、特別にお許しいただくとして――美術品その他高価な品物を月賦で売る会社を作る。しかも常識はずれに安く、従って長期にわたるしくみとする。何年間かにわたってこれを支払いつづけていると、その期限が終ってもまだ支払う客がある。それどころか案外世の中には放心家ないし健忘症の人間がたくさんいるもので、そこにつけこんで、何くわぬ顔で巨利を得るということが成立し得る、ということを見込んで実行する犯罪物語である。

乱歩はこの犯罪者のヌケヌケした弁明にこの奇妙な味の特徴がよく現われている、というのだが、むろんこの犯罪者のアイデアのヌケヌケしさにも感心して、これをベストテンに入れたのである。

さて、ところで私は、この「放心家組合」を読んだとき、そのアイデアそのものにはそれほど感心しなかった。なぜかというと、このアイデアは漱石の「猫」に出て来るからである。

「『……この間ある雑誌を読んだら、こういう詐欺師の小説があった。僕がまあここで書画骨董《こっとう》店を開くとする。で店頭に大家の幅《ふく》や名人の道具類を並べて置く。無論贋物じゃない、正直正銘、うそいつわりのない上等品許《ばか》り並べて置く。上等品だから、みんな高価に極ってる。そこへ物数奇な御客さんが来て、此元信《もとのぶ》の幅はいくらだねと聞く。六百円なら六百円と僕が云うと、其客が欲しいことは欲しいが、六百円では手元に持ち合せがないから、残念だがまあ見合せよう』

『そう云うと極ってるかい』と主人は相変らず芝居気のない事を云う。迷亭君はぬからぬ顔で、

『まあさ、小説だよ、云うとして置くんだ。ところで僕がなに代は構いませんから、御気に入ったら持っていらっしゃいという。客はそうも行かないからと躊躇《ちゅうちょ》する。それじゃ月賦でいただきましょう。月賦も細く、長く、どうせ是から御贔屓《ごひいき》になるんですから――いえ、ちっとも御遠慮には及びません。どうです月に十円位じゃ。何なら月に五円でも構いませんと僕が極きさくに云うんだ。夫《それ》から僕と客の間に二三の問答があって、とど僕が狩《か》野法眼元信《のうほうげん》の幅を六百円但し月賦十円払込の事で売渡す』

『タイムスの百科全書見た様ですね』

『タイムスは慥《たし》かだが、僕のは頗《すこぶ》る不慥かだよ。是からが愈《いよいよ》巧妙なる詐欺に取りかかるのだぜ。よく聞き給え、月十円宛《あて》で六百円なら何年で皆済になると思う、寒月君』

『無論五年でしょう』

『無論五年、では五年の歳月は長いと思うか短いと思うか、独仙君』

『一念万年、万年一念。短くもあり、短くもなしだ』

『何だそりゃ道歌か。常識のない道歌だね。そこで五年の間毎月十円宛払ふのだから、つまり先方では六十回払えばいいのだ。然しそこが習慣の恐ろしい所で、六十回も同じ事を毎月繰り返して居ると、六十一回にも矢張り十円払ふ気になる。六十二回にも十円払ふ気になる。六十二回六十三回、回を重ねるに従ってどうしても期日がくれば十円払わなくては気が済まないようになる。人間は利口の様だが、習慣に迷って、根本を忘れるといふ大弱点がある。その弱点に乗じて僕が何度でも十円宛毎月得をするのさ』

という一節を記憶していたからである。

しかし、私の読んだ順はさておき、おそらく事実は逆だ。——果然この中の「この間ある雑誌を読んだら、こういう詐欺師の小説があった」というのはこの「放心家組合」に相違ない。

「放心家組合」を含むロバート・バーの短篇集「The triumph of Eugéne Valmont」(「ウジェーヌ・ヴァルモンの敏腕」)が出版されたのは一九〇六年、漱石の「猫」の右の一節を含む第十一回が書かれたのは、同年すなわち明治三十九年である。ただし「雑誌」とある以上、漱石はこの短篇集が出版される前に読んだのかも知れない。漱石の蔵書目録にはこの書名はない。

乱歩もうっかり「健忘症」にかかっていて、このことにはついに気がつかなかったようである。これを指摘した文章はない。

それにしても、探偵ぎらいの漱石が探偵小説を読んで、面白がって紹介しているのは、それとこれとはちがうといえばそれまでだが、やはり一奇である。もっとも漱石は「奇妙な味の小説」の味を充分に解する人であった。同じ「猫」の章に、未来の社会には巡査が慈悲のために人民をブチ殺して歩く、など主人公にいわせているのが、すなわち乱歩のいう「無邪気なる残虐」趣味である。

そしてまた――漱石が「狼群に伍《ご》する一匹のむく犬のごとく」ロンドンに留学していた一九〇〇年十月から一九〇二年十二月までは、あたかも物語中のシャーロック・ホームズが二輪馬車を乗りまわし、「高名の依頼人」「三人ガリデブ」などの事件を解決した期間に当る。……思えばなつかしき時代よ！

ただし右の事実が偶然の一致なら――私は偶然の一致とは思わないが――漱石は留学中夫人に送った手紙の一節を持ち出して苦笑するかも知れない。

「只今《ただいま》本を読んで居ると、切角《せっかく》自分の考えた事がみんな書いてあった。忌々《いまいま》しい」

漱石のサスペンス

漱石はあらゆる角度から照射されつくして、その研究は汗牛充棟だから、以下に書くこともおそらくだれかに指摘されているにちがいないと思うのだが、ともかくも私の考えたこととして書く。

漱石の小説にはサスペンスがある。これはだれにも感得されることである。漱石は、もし本人に書く気があれば充分推理小説も書き得る能力の持主だったと思われるが、しかしそういう分子をまったく感じさせない、彼のいわゆる「尋常な」小説にも絶えずサスペンスが感じられる。

これはどこから来るのだろう？と、私は首をひねっていた。

その鍵《かぎ》を私は最近発見したように思った。

それは漱石の物語が進行するとき、それは一直線ではなく、必ずはじめに大きな円を描きつつ中心部に近づいてゆくという手法をとり、かつその途中、必ず一歩ずつ立ちどまるということである。(漱石のいわゆる低徊《ていかい》趣味とはむろんこのことではない)そこから来るじれったさが、必然的に読者の心にサスペンスを生む結果をもたらすということである。

例えば「行人」において、主題は妻と弟との間の恋愛を疑惑する兄の苦悩だが、その前に、弟の友達と狂女の話を置く。この狂女の前奏曲を書く前に、弟と「あの女」の話を置くといった具合である。これが外縁から円を描く手法の例である。

そしていよいよ核心に入っても、兄が弟に妻をつれて温泉宿に一泊してくれと依頼するところまでも、なかなか簡単にはゆかない。いちいち登場人物の行動に、本筋とは関係のないような事柄でブレーキがかかる。

そして結末のHさんの手紙で物語は最高潮に達するのだが、弟がHさんに、兄と一緒に旅行してくれと依頼するそんな何でもない事柄にも、春先に頼み、六月になってまた頼み、しかもいちどはHさんが講義のノートを作っているからというような理由で面会を断わられる。そして夏になって、やっと二人が出発するというだんどりとなる。

こういうやりかたで読者は、「なるほど、人事とはこういうものだろうなあ」と、自然主義の小説よりもさらに自然らしさ、ほんとうらしさを感じさせられる一方で、そのじれったさからサスペンスをかきたてられて来るのである。

ところで漱石はこの手法を、明らかに意識して精妙に使用している。いまその「文学論」をひもとく余裕はもたないけれど、おそらくその中にちゃんとありはしないか。少くともその原形は例の「猫」の、「六尺の障子へ秋の日がかんかんとあたって、干柿の細長い影がふわふわする」という叙述の繰返し、あれを漱石は滑稽《こっけい》化しているけれど、この手法をのちのあらゆる作品に、まじめな何くわぬ顔をして使っているのである。すべては計算済みだというゆえんである。

律という女

「六時半より警戒管制訓練に入る。八時より四十分間空襲管制訓練に入る。下宿の雨戸ことごとく閉づれども、なお欄間より隣の空室のガラス戸に微光さすを以て、ついに闇黒となせども無聊《ぶりよう》にたえず、昔配給になりし一本の赤蠟燭《ろうそく》を机に立て、机の三方に風呂敷《ふろしき》寝衣などを垂らし、一方より首をさしこみて子規の『歌よみに与ふる書』を読む。子規の偉大なるは、彼の澄まさざるところにあり、鉄石の意志と明晰《めいせき》の理智を有しながら、その泣くや幼児のごとく直接的に現わるるところにあり。けだし死病の子規、とり澄ます心の余裕などあらざりしなるべし。眼つかれて灯を消し、雨戸を微かに明くれば、新宿界隈《かいわい》一点の灯もなく、蒼茫《そうぼう》の大銀河に疾駆する哨戒《しようかい》機の爆音と打鳴らす町々の警鐘交響せり」

昭和十九年九月十九日の私の日記の一節である。

この世にも奇怪な状態で読んで以来、「歌よみに与ふる書」は読んだことがないようだが、「仰臥漫録《ぎようが》」「墨汁一滴」などは、その後も何度か読んだ。明治を知らない自分なのに、この明治の随筆がなぜこんなになつかしいのか、とふしぎに思う。

その中で、とくに脳に印せられて離れないのは、子規の妹についての記述だ。

「仰臥漫録」の中で、子規は妹の悪口のいい放題である。

「律は理窟《りくつ》づめの女也。同感同情の無き木石の如き女也。時々同情といふことを説いて聞かすれとも同情の無い者に同情の分る筈《はず》もなければ何の役にも立たず。不愉快なれとも、あきらめる外に致方もなきこと也」

「律は強情也。人間に向つて冷淡也。特に男に向つて shy 也。癇癪《かんしやく》持なり。気が利かぬなり。人に物問ふことが嫌ひなり。指さきの仕事は極めて不器用なり。彼の欠点は枚挙に遑《いとま》あらず。余は時として彼を殺さんと思ふ程に腹立つことあり」

そのくせ、一方では、

「直接に命令すれば命令に違背することなかるべし。律は看護婦であると同時にお三どんなり。お三どんであると同時に一家の整理役なり。一家の整理役であると同時に余の秘書なり。

而《しこう》して彼は看護婦が請求するだけの看護料の十分の一だも費さゞる也。野菜にても香の物にても何にても一品あらば彼の食事は了る也。肉や肴《さかな》を買ふて自己の食料となさんなどゝは夢にも思はざるが如し」

と、書き、かつ、

「いもうとの帰り遅さよ五日月」

「母と二人いもうとを待つ夜寒かな」

と、詠んでいる。さらに、

「彼の同情なきは誰に対しても同じことなれとも、只《ただ》カナリヤに対してのみは真の同情あるが如し。彼はカナリヤの籠《かご》の前にならば一時間にても二時間にても只何もせずに眺めて居る也」

と、描写している。

実に、読んでいて、可憐《かれん》、哀切、胸えぐるばかりの律の生活である。

私はこの子規の妹について、いろいろ感想があった。

この律という女性は、子規の歿後《ぼつご》どうしたのだろう。どんな運命を辿《たど》ったのだろう？

また、この「同情のない女」は真に同情に値するが、しかしそばにいれば、やはり腹の立つ女だったにちがいない。ちょうど子規が、実に敬愛すべき人物でありながら、しかしいっしょに暮せばおそらくカナワン男であったように。

それからまた、この女性の存在意義についても考えた。

文学的価値の比較は目盛で計れるものではないから何ともいえないが、漱石と子規の文学的業績をくらべれば、まあ漱石のほうが大きい、と考えるのが常識だろうと思う。

しかし、その影響、とくにそれがはっきり現われるのはその弟子の如何《いかん》だが、これはひょっとすると子規のほうが大きいのじゃないか知らん。子規の生んだ虚子、左千夫、茂吉の三人だけでも、いわゆる漱石山脈の全弟子群より重いのじゃないか知らん？

いや、そもそも見ようによっては、漱石自体が子規によって生まれたものといえる。漱石がいなくても、子規はわれわれの知る子規として存在したろう。しかし、子規が存在しなかったら、われわれの知る漱石はついに誕生しなかったような気がする。

漱石は水のごとく何びとも受けいれる大教育者であった。これに対して、子規は火のようだ。そして、「火の子規」の教育は「水の漱石」よりも、さらに独創的な働きを持っていたといわなければならない。そして、その子規の働きは、この献身的な妹がそばにいなかったらあり得なかったのではあるまいか。してみると、この律は、他の大作家の妻の内助の功などというもの以上に偉大なものであったといえるのではないか。

私は「仰臥漫録」を読むたびに、妙にこの女性のことが気がかりであった。

それが、はからずもこの全集の月報の服部嘉香《よしか》氏の文章を拝見して、律が、幼時泣き虫であった子規に代って、石などつかんで飛び出すほど気丈な妹であったことを知って、案外な気がした。

しかし、彼女の存在意義の大きいことを認める点は変らない。

啄木記念館にて

去る夏、岩手県渋民村の「石川啄木《たくぼく》記念館」を訪れたとき、そこに展示されている遺品や写真など見てまわりながら、私の頭にはもう一人別の人間の名が浮かんでいた。

啄木が盛岡中学時代、一級上だった及川古志郎である。

といって私が、及川古志郎について特別な知識を持っているわけではない。——いま、手許《てもと》にある百科事典、人物事典のたぐいを見ても、どこにもその名はない。さらに、『日本人物文献目録』を調べると、数え切れないくらいの文献を持っている啄木にくらべ、及川古志郎に関しては、伝記はむろん、ほとんど文献らしいものもないことを知るだけである。従って、及川について私は、以下に述べるような知識しか持ち合わせがない。

及川は医者の子で、啄木は貧乏寺の子である。及川が中学四年のとき、同級の野村長一(後の胡堂)らと校内刷新のストライキをやった。そのとき啄木も三年生のストライキ委員として行を共にしたというから、ただ一クラス違いの同窓生というだけの仲ではなかったろう。しかし、その後の人生で、二人がどれだけお互いに関心を持ち合ったか私は知らない。

「友がみなわれよりえらく見ゆる日よ
　花を買い来て
　妻としたしむ」

と、後に啄木がうたった「友」の中に、及川がはいっていたかどうかは疑問だが、しかし渋民村で小学校の代用教員をやっていたころ、すでに海軍中尉となっていた及川の評判など耳にする機会はあったろう。しかも、後に大将になるほどの人物だから、郷里でその評判は上々のものであったにちがいない。

その渋民村からも啄木は追い出された。

「石をもて追わるるごとく
　ふるさとを出でしかなしみ
　消ゆるときなし」

そして彼は、だれも知るように北海道でもがきぬき、東京でもがきぬき、先輩知友に迷惑のかけ放題のあげく、小石川の陋屋《ろうおく》で、母も妻も同じく血を吐きながら這《は》いずりまわっているという惨澹《さんたん》たる状態で、明治四十五年四月、母についで、わずか二十六歳の生涯をとじるのである。

このとき及川は、すでに駆逐艦の艦長、すなわち小なりとも一城のあるじとなっている。

そして、その後も一路順調な昇進を経て、昭和十四年には大将となり、十五年には海軍大臣となった。

　及川は人柄も高尚温厚で万巻の書を愛し、軍人というより学者のような人物だったといわれる。当時の新聞を見る機はないが、その就任についてはおそらくお世辞ではない好評を得たものと思われる。そしてまた、米内光政、板垣征四郎など軍人としてのえら者を数多く出している郷党でも、最大級の讃辞《さんじ》が奏でられたことは疑いない。

　ところが——海軍大臣になったとたんに及川は、大変なことをやってしまった。それまで、米内光政、山本五十六が一身を張って抵抗していた日独伊三国同盟に、海軍としていとも簡単にポンと判を押してしまったのである。

　日本が太平洋戦争へ流されてゆく遠因近因はいろいろあるが、その中でも三国同盟が決定的な直接原因であったということは定説である。

　それだから、昭和二十年十二月から翌年一月にかけて、生き残った海軍首脳たちが集って敗戦を検討した「海軍特別座談会」の席上で、井上成美大将が、

「先輩に対して甚だ失礼だが、あえて一言したい。三国同盟締結の問題はもっとしっかりしてもらいたかった」

　といったのに対して、及川は、あの時点においては海軍が承認しなければ陸海軍が衝突するおそれがあったから、と弁解した。

「陸海軍が争っても、全陸海軍を失うよりはましではありませんか。なぜ男らしく拒否し

なかったのですか。あれは日本にとってとり返しのつかぬ千秋の痛恨事だった」

井上に痛罵《つうば》されて、及川は、

「すべて私の全責任です」

と、答えざるを得なかった。

全責任だといわれても、戦争の犠牲者三百五十万の生霊は帰らない。

事実、太平洋戦争の責任者を十人あげろといわれたら、及川はその中にはいりかねない大ミスを軽率に犯したのである。彼は啄木の三倍も生きて、昭和三十三年、七十五歳で死んだ。しかし戦後世代ではその名を知る者もない。

一方、貧苦と病苦、周囲の嫌悪と故郷の排斥の中に若くして文字通り窮死した――ある意味ではダメ人間の典型のような啄木は、数限りもないダメ人間たちの共鳴に支持されて、「大詩人啄木」の讃歌《さんか》は永遠に消えそうにない。

これが人間世界の面白さといおうか。生きている間は優勝劣敗の法則に支配されるけれど、死後までを通観すると、必ずしもそうでないのが人間の世界なのである。

現実に、リッパ人間の代表者及川古志郎は、日本を破滅におとしいれた責任者に相違なく、ダメ人間の代表者啄木は、無数の日本の心弱き若者たちを慰藉《いしゃ》して来たのである。

ほかにもこんな例は沢山あるだろうが、それにしても――と、彼が使ったという鉄瓶や、彼がつき合ったという女教員の写真までがうやうやしく展示されている記念館で、若い人たちの集団に、とくとくとして啄木の生涯を、独特の節まわしで朗唱して聞かせているガイドの声を聞きながら、私は、やはり皮肉な微笑が頬に浮かぶのを禁じ得なかった。

啄木を甦《よみがえ》らせたら、得意になるより怒り出すだろう。しかし幸か不幸か、彼は永遠にこのことを知らないのである。

戦中の「断腸亭日乗」

好きかきらいかというと、荷風は好きなほうの作家である。人ではなく、作品のことだが、中でも私には強い想い出がある。

私は若いころからいまだかつて自分が「文学青年」であると自覚したことはないが、戦争が終って間もなく出た雑誌で「踊子」を読んだとき、実際に涙が出た。まるで砂漠でかわき切っていた人間が、やっと甘い冷たい果汁を与えられたような感動の涙で、おや、自分はこれほど小説が好きだったのか知らん、と自分で驚いたくらいである。こんな例はほかに経験したことがなく、荷風のものでも、あとにもさきにもそのときだけであった。

それで「断腸亭日乗」も全部読んだ。興味津々として読んだ。その半ばは事実への興味だが、あとの半分はその文章に酔わされたのである。

二月初七。快晴。昏暮土州橋より浅草に至る。

二月初八。晴。余寒凜冽《りんれつ》なり、昏暮物買ひにと銀座に行く。灯火執筆暁明に至る。

二月初九。晴。春寒料峭たり、夜金兵衛に飰す。

などいう何の奇もない日常の記録でも、まるで漢詩でも読むような快感がある。

しかし事実のほうにこだわって見ると、正直なところ、これはかなわないなあ、と思わせるところがある。荷風自身の実際に目撃したことならいいのだが、「誰が何々したと言う」式の話があまりに多く、公憤ならまだしもプライベートなことで、これで曝露《ばくろ》されたり嘲罵《ちょうば》されたりした人こそいい面の皮である。荷風の日記は事実とちがう、とこれに反論した当事者の文章をいくつか読んだ記憶があるが、当人たちとしてはそう弁明せずにはいられないだろう。しかし気の毒なことにそういう文章はその場かぎりで失われ、忘れられて、そしてすでに死せる文豪の日記は、繰返し半永久的に全集などによって伝えられてゆく。……無関係に愛読するだけの読者は幸いなるかな、縁あってこの文豪と現実に接触し、当人も思いがけない原因でその御機嫌をそこねた人間は禍《わざわ》いなるかな、である。

さて、そういう感想は抱いたものの、それはそれだけのことで、私は荷風やその作品や日記に普通の読者以上の研究をやったわけではなく、また特別に作家論を渉猟したわけでもない。私がここで改めて日記などを読み返して新しく感じるところがあったとしても、そんなことはどこかで専門家がすでに論じているだろう。

そこで、ここでは或《あ》るものさしから荷風がいかに日本人離れした人であったかを書いて見たい。むろん荷風はその漢字の素養や江戸趣味を見てもわかるように、一般の日本人以上に日本人的な人ともいえるのだが、別の言葉でいえば時代に対する感覚において、別世界にいるのである。もっともそれもあるいは論じられたことであり、またそこが荷風の魅力として読者をとらえているところであるかも知れない。

私がそれを痛感したのは、「断腸亭日乗」の戦中の部分においてである。どんな人の日記でも、あの大戦争で、特に初期の戦勝期にはそれに対するよろこびの念をもらした文章がある。武者小路実篤や高村光太郎はむろんのこと、谷崎潤一郎や志賀《しが》直《なお》哉《や》だってそんな文章がある。戦時中活躍した作家に至ってはなおさらのことであり、それも当然である。敵側の作家だって同じことだ。ところが、荷風に限って一切ない。爪の垢《あか》ほどもない。

・

いま読むと、戦争に狂奔していた九十九パーセントの日本人のほうが異常であって、それを徹底的に冷眼視している荷風がまともに見えるが、当時としては実に異常なことであった。現代において大軍備論やアジア征服論をいい出すよりもっと異常なことであった。清沢洌は「暗黒日記」で日本人を熱嘲痛罵しているけれど、あれすら日本人に対する可愛さ余って憎さが百倍という感じがあり、荷風のように熱湯の中に一つごろんと転がっている冷たい石のようなありかたとはちがう。戦後になって猫も杓子《しゃくし》も何くわぬ顔をして、いや戦争に負けるのはわかっていた、自分は戦争に反対であったと言い出し、だんだん自分でもそれがほんとうみたいな気がして来ているのではないかと思われ、それじゃあ日本人全部が反戦主義者だったのではないか、反戦主義者ばかりがあの大戦争をやったのか、と可笑《おか》しくなって来るほどだが、むろんみな大嘘であり、錯覚である。さまざまな大家の日記でも、あまり昂奮《こうふん》し過ぎた個所に、戦後になって発表する場合、多少なりとも手を加えたところがあるのではあるまいかと疑っても、それほどあらぬ疑いではないのではないかと思われるものもある中に、荷風に限ってそんな怖れは全くない。少くともそう信じてもいいような肌合いである。

私は、戦争中のあの日、この日、あの人、この人が何をしていたか、ということにいささか興味を持っている。現代のように百花百醜斉放の時代には、その生活も意見も万人万様、億人億様で手もつけられないが、戦争中はすべての人間が何らかのかたちで、すべてをあげて戦争に動員され、何らかのかたちで規制されていたから、それをものさしにして各人がどんな生活をし、どんな意見を抱いていたか、ということが甚だ興味があるのである。試薬が同じだから、それぞれ反応のちがいがよく検別される。

そのものさしで荷風を見る。

戦争中の「断腸亭日乗」からピックアップして、同じ日に何が起っているかを調べて見ようと思う。手当り次第の選択だから、もっとほかに適当な日があるかも知れない。

むろん同日のことだから荷風がそれを知っているわけはないけれど、それでも戦争の様相は——大本営は嘘だらけの発表を繰返していたにせよ——案外敏感に国民の間に伝わっていたのだが、あの日々に荷風はどんなことを考えていたか、ということをである。

＊

昭和十八年二月十日。

日本軍はガダルカナルから惨澹たる撤退をしたばかりであった。第八方面軍司令官今村均大将はその敗軍の将兵をブーゲンビル島に見舞った。生残りの一万の将兵ことごとく生ける屍《しかばね》のごとく、今村大将は閲兵しつつ溢《あふ》れる涙を押えることが出来なかった。(「今村均回想録」)

この日荷風は冷然として、山梨県の知事、警察部長以下の役人たちが、県民に配給すべき米の代りに馬糧の麦を配給し、浮いた白米を盗んで私腹をこやしていたことが発覚したが、罰せられることなく事件は一切秘密に葬り去られたという「流言録」を記している。


昭和十八年二月十九日。

衆議院では第八十一回帝国議会が開かれていて、その予算委員会で佐藤賢了軍務局長は叱咤《しった》した。

「東条総理がかねて申されておるごとく、地位の如何《いかん》、身分の高下を論ぜず、いやしくも戦争遂行に障碍《しょうがい》をもたらす言論をなす者あらば、陸軍としては断乎《だんこ》としてやる。第一線の将兵はもとより銃後の戦線に立っている者に背後から弓ひくごときやからに対しては、断乎として鉄槌《てっつい》を加える。……」（「極東国際軍事裁判速記録」）

同日の荷風の日記。

「荏原《えばら》区馬込あたりにては良家の妻女年廿歳より四十歳までのものを駆り出し落下傘米軍襲撃を防禦《ぼうぎょ》する訓練をなしたる由。其《その》方法は女等めいめいに竹槍《たけやり》をつくり之を携へ米兵落下傘にて地上に降立つ時、竹槍にて米兵の眉間《みけん》を突く計略なりと云。軍部より竹槍の教師来り三日間朝十時より午後三時まで休まず稽古《けいこ》をなしたりと云。怪我せし女もありし由なり。良家の妻女に槍《やり》でつく稽古をさせるとは滑稽《こっけい》至極。何やら猥褻《わいせつ》なる小咄《こばなし》をきくやうなり」

これも「噂のきゝがき」として書かれているものである。女性の竹槍訓練の話を聞いても、普通人ならけなげなものと思うか、あるいは苦笑するだけであったろうに、おそらく江戸時代のそれ突けやれ突けでも思い出しているらしいところ荷風の面目躍如たるものがある。

昭和十八年十二月二十八日。

特殊潜航艇乗務員黒木博司中尉は、かねてからその攻撃効果を不充分と見、一歩進めて人間魚雷回天を着想し、このことを血書にしたためて上京し、この日海軍中央部に請願した。（大東亜戦史叢書《そうしょ》「大本営海軍部」六）

荷風は書いている。

「晴。寒気日に加はる。晡下漫歩浅草に至る。市内の堀割にかかりし橋の欄干にて鉄製のものは悉《ことごと》く取去られその跡に縄をひきたり。大川筋の橋はいかゞするにや。夜中はいよいよ歩かれぬ都となれり。オペラ館に立寄りて見るに洋楽入洋装和装混交の忠臣蔵を演じゐたり」

荷風はこのころ夜々「踊子」を執筆していた。

昭和十九年六月二十九日。

この日、大本営参謀の堀江中佐は飛行機で硫黄島についた。栗林兵団長は杖《つえ》をあげて、恐ろしい地熱に喘《あえ》ぎつつ壕《ごう》を掘る兵士たちを口やかましく指揮していた。

「わしはここに敵を引きつけて、連合艦隊が出て来て敵にビンタをくれるのを待つのだよ」

と、栗林兵団長はいった。

「閣下、十日前の六月十九日がその連合艦隊の命日でしたよ」

と、堀江中佐はいった。六月十五日の米軍サイパン上陸につづく「あ号作戦」のことをいったのである。しかし栗林兵団長は、若僧が何をいうか、といった顔で士気昂然《こうぜん》たるものがあった。（堀江芳孝「闘魂硫黄島」）

同日、荷風は録した。

「昨夜むし暑くして寝られぬ故むかし紐育《ニユーヨーク》にて読《よ》み耽《ふけ》りたるラマルチンの詩巻などひらき見る中短夜はいつか薄明くなりぬ。表通の塀際に配給の炭俵昨日より積置かれたれば夜明の人通りなきを窺ひ盗み来りて後眠につきぬ。寤めたるは十一時ごろなり。晴れて溽暑昨日の如し。

今年も早く半を過ぎんとす。戦争はいつまで続くにや」

昭和十九年七月二日。

ビアク島では、五月二十七日米軍の上陸を迎えて以来死闘三十七日、この守備隊長葛目大佐は自決した。「七月二日、連隊長ハ水筒ニテ手ヲ洗イ、軍旗ニ敬礼シタリ。側近者ヲ去ラシメ、拳銃《けんじゅう》ノ音シタルノミ」（戦史叢書「濠北方面陸軍作戦」）

同日、近衛は木戸内府に文書を送った。

「サイパン戦以来、海軍当局は連合艦隊はすでに無力化せりといい、陸軍当局もまた戦局好転の見込絶対になしというに一致せるものの如し。即ち敗戦必至なりとは陸軍当局のひとしく到達せる結論にして、ただ今日はこれを公言する勇気なしという現状なり」

と指摘し、国体護持のため速かに敵に降伏を申し込むべきことを説き、かつその場合、東条及び主戦論者たちのみに責任をとらせることに万全の注意を要すと主張した文書であった。

七月二日までにノルマンディの連合軍は約百万の兵力を上陸させていた。（アイゼンハウアー「ヨーロッパ十字軍」）これに対してこの日ヒトラーは「敵攻撃に対して一歩も後退することなく陣地を死守せよ」と厳命を発した。（ルイス・L・シュナイダー「ワルシャワから東京まで」）

荷風は某人の来翰《らいかん》に託して丸ノ内あたりのサラリーマンを罵倒《ばとう》している。

「……世上百般の諸物欧州の情勢につれて愈々《いよいよ》断末魔の感深く御座候。（中略）恰《あたか》も風船玉の生気なく徐々に萎《しぼ》むが如く意地も張合もなく、いつとなくショボショボに相成ること必定に御座候。是れ目的も量見もなき陰萎《いんい》的蓄民の陥る末路と被存候。銀座丸ノ内辺にて盲動する男女を見ても彼等には人格は愚か性格すら具て居候もの一人として見えざるは世界いかなる国民にも到底見ることは能はざる奇異なる現象なるべく候。かゝる人種が山田耕筰《こうさく》つくる処の愛国軍歌を高唱しつつ中食休みに濠端辺を行進する光景を想像すればその賤劣全く国辱に等しきもの有之候」

昭和十九年八月七日。

東大から学徒出陣で横須賀《よこすか》海兵団に入隊した竹田喜義《きよし》の日記。

「夕方咽喉《のど》が乾いて食堂へ茶を飲みにいくと、薄暗がりの海岸に従兵が整列している。水兵長が兵員を集めて、樫《かし》の棒を腰に支えて精神教育をやっているのである。やがて兵隊を一人ずつ前に出して樫の棒で腰のあたりを力いっぱいなぐりはじめた。なぐられる兵隊の態度が不活発だと、棒で腰のあたりをつきとばしてもう一度出直して来させる。出て来た兵隊はちょっとホールドアップのように両手を上にあげて両足をぐっと開いて、水兵長の前へ背を向けて立つのである。バタンバタンとにぶい音が腰骨へくいこんでゆく。

これはどう解釈したらよいことであろう。——しかし、あまり気を回しすぎる必要もない。まして深刻に考えたりすることは全然意味をなさない」(「きけわだつみの声」)

大阪の海軍会館で「歌う宝船」の舞台千秋楽を打ち揚げた古川ロッパはひとり宿屋に帰って悲しくうたった。——

今夜はウイスキーを飲もう
宿には何の肴《さかな》もない
一個一円二十銭で買った卵を二つ
めがねたまごにしてもらって
それだけで飲む
しみじみとめがねたまごを見た
こんなによく見たのははじめてだ
塩をぶっかけてまず白身を少し食べる

黄身がトロリと溶けた
黄身を食べるうまいな
めがね卵はよきもの
二つの卵はウイスキー三杯の間に
なくなってしまった
皿には黄身が少しくっついている
皿を手に取るやペロリと舐《な》めた
そして又　一杯
めがね卵は　もういない（古川緑波「悲食記」）

「八月初七。晴雨定りなし。暴風《あらし》模様の降りかたなり。正午過電話にて問合せをなし日本橋四辻の赤木屋に至りて六月中押売せられし債券三百円を現金に換ふ。日本橋より銀座通を通行する女店員事務員の姿いづれもシャツ一枚に腰巻同様なる地薄のスカートまたヅボンを穿《うが》ちしのみなれば逞《たくま》しき肉付露出し、恰もレビュウの舞台を見るが如く、電車の中にては股《また》を開いて腰を掛けたる形亦《また》一奇観なり」

荷風は、電車の中に股をひらいた女の姿まで写生して日記にさしはさみ、以下毒々しい罵倒を延々とつらね、「……これ現代の女子に対して余の感ずる所なり。実質は明治時代田舎出の下女に似たるものなり」と引導を渡している。

昭和十九年九月五日。

この日から、山口県徳山湾大津島で、人間魚雷回天の第一回訓練が開始された。そして、この翌日には、回天の計画者黒木中尉は浮上せず、早くも殉職することになる。

「九月初五。晴。人の噂によれば代々木千駄ヶ谷あたりにては便所掃除人来らざるため自分の家の便処は自分の手にて始末をすることになり奥様もおかみさんもめいめい汚穢《おわい》屋になり空地へ掘りたる穴の中へ汚物を捨てに行く由なり。此のあたりの疎開地はこれがため臭気甚しくまた夜になれば野犬出没して通行人を嚙《か》みしこと既にたびたびなりと云。軍人政府の末路ますます憐むべく笑ふべし。月明水の如し」

昭和十九年九月十日。

五月以来二十数倍の中国軍に包囲され、孤立無援の戦いを戦っていた千四百人の雲南拉孟守備隊は、この日守備隊長金光少佐の「……五月十日以来百二十日に亙《わた》り陣地を死守せしも小官の指揮未熟にして弾尽き将兵殆《ほとん》ど死傷し遂に最後の時に至れり。軍旗暗号を焼却し全員玉砕せんとす。地下において遥《はる》かに国軍の勝利を祈る」という最後の打電とともに全滅した。

同日、フィリピン、ダバオ海軍根拠地隊は沖の白波を見て「敵の上陸舟艇来る」と打電し、司令官代谷清志中将はいちはやく逃走した。この大誤報のために連合艦隊は捷一号作戦を発令し、全基地の航空隊は富士川の水鳥のごとく右往左往して混乱中自滅にひとしい損害を出し、二十日後の本格的米軍レイテ上陸の際の戦力に重大影響を招来した。

荷風は嗤《わら》う。

「……浅草興行場の芸人連は概して軍部に対して反感を抱かず戦争には勝つものと思へるが如し。秋涼既に彼岸前後の如し」

昭和十九年十二月三十一日。

この日、京浜地区防衛の第十飛行団長吉田喜八郎少将はその日記に「昭和十九年歳末所見」として、次のように記述した。

「この二ケ月間に、来襲米機の九パーセントを撃墜し、我は戦力の一〇パーセントを失いたり。右の戦果の半数以上は実に無理の強行によりかち得たるものにして全く涙なくして語るを得ず。語りても及ばぬ事ながら、我に高度一万二千メートルを常用高度とする戦闘機ありしならば。(中略)然れども、今やすべて遅し。依然無理を強行する以外に手段なし」(戦史叢書《そうしよ》「本土防空作戦」)

硫黄島では、夕方土砂降りの雨の中を、栗林兵団長が視察した。彼は杖《つえ》をあげて海岸線を指さし、

「原大佐、あそことあそこに、犠牲部隊を配置せよ」

と、命じた。敵上陸の際の囮《おとり》部隊の指示であった。(児島襄《のぼる》「将軍突撃せり」)

この日フィリピン第三十五軍司令官鈴木宗作中将は、山下第十四方面軍司令官からの訓示を受領した。

「……軍需ノ補給意ニ委セズ、レイテ島幾万ノ将兵ニ対シ万斛《ばんこく》ノ涙アルノミ。ソレ死ハ易ク生ハ難シ、将兵ヨク隠忍持久、生ノ難キニカケテ永久抗戦シ、従容トシテ皇国ノ人柱タレ」

しかしこの日をもってレイテ島における日本軍の組織的抵抗は終りを告げた。(大岡昇平「レイテ戦記」)

かつて東条陸相の下に次官として辣腕《らつわん》をふるい、このときフィリピン方面第四航空軍司令官であった富永恭次中将は、十月以来の航空戦に疲労困憊《こんぱい》し、南方軍総司令部に辞職を願い出た。部下参謀はこの時点に当ってその重大な責任を回避しみずから生命の安全を求めるような誤解を受ける怖れのある申請は厳に慎まれるように意見したが、富永中将は聞き入れず、この日強引に発表させた。……そして彼は、半月後、総司令部の許可も待たずに後方に逃走するのである。(戦史叢書「比島捷号陸軍航空作戦」)

東大学徒兵久保恵男《よしお》は大井海軍航空隊から兄と妹にむけて手紙を書いた。

「……私などにはまだ何もわかりませんが、日本の戦力はまだ十分の潜勢力を持っていると思います。実際一次の世界大戦においてドイツの戦歿《せんぼつ》学生がその手記の中にいっているように、″これほど勇ましく戦った国民が滅びなければならぬとは、どうしても信じられません″から。ともかく日本の国は私たちがきっと護りぬきます。……ただ私たちは、自分たちの思想や仕事を受けついでくれるべき人間をあとに遺したい。そして私のなし得なかった生活と理想を完成させてやって下さい」

そして彼は翌年五月七日、徳島上空で散ってゆくのである。(「あしたの墓碑銘」)

荷風は書く。

「晴また陰。夜十時警報あり。須臾にして解除。代々木より鶏肉とどく。一羽五十円なりと云。夜半過また警報あり。砲声頻なり。かくの如くにして昭和十九年は尽きて落寞たる新年に来らむとするなり。我邦開闢《かいびやく》以来曾て無きことなるべし。是皆軍人輩のなすところ其罪永く記憶せざるべからず」

昭和二十年三月七日。

二月十九日以来の硫黄島の決戦は最後の段階に達しつつあった。玉名山地区の千日旅団長は夕刻壕《ごう》の中で各部隊長を集め、明日最後の総攻撃を行う旨命令した。旅団長は日の丸ハチマキをしめ、地下足袋ゲートルという姿で、コップ一杯の水で乾杯し、「靖国《やすくに》神社で会おう」と重々しくいった。そして負傷兵たちに手ずから一個ずつの手榴弾《しゅりゅうだん》を渡した。傷兵たちはその意味を知って、小さな蠟燭《ろうそく》の光の中で涙を流しながらうなずいて受取った。同日、天皇は硫黄島守備隊の勇戦に、「御嘉賞《かしょう》の御言葉」を打電した。栗林兵団長はこれに対し感謝の意を表し、かつ「……守備上致命的ナリシハ彼我物量ノ差余リニモ懸絶シアリシコトニテ、結局戦術モ対策モ施ス余地ナカリシコトナリ」と悲壮な意見を述べて来た。（戦史叢書「中部太平洋陸軍作戦」）

「三月初七日。陰。（中略）隣組の媼葡萄酒の配給ありしとて一壜《びん》を持ち来れり、味ひて見るに葡萄《ぶどう》の実をしぼりたるのみ。酸味甚しく殆ど口にしがたし、其製法を知らずして猥に酒を造らむとするものなり。これ敵国の事情を審にせずして戦を開くの愚なるに似たり。笑ふべく憫むべくまた恐るべきなり」

＊

……以上、以下、私としては荷風がいかに日本人離れしているどころか、人間離れしているかを例証し、荷風がそれほど日本人から迫害を受けたはずはなく、この非情の性格はまったく先天的なものであり、断腸亭などいうけれど荷風が果して腸を断ったことがあるであろうか。天皇の前にノコノコと文化勲章などもらいにいって、何が断腸亭ぞや、という疑問を出すつもりであったが、それはそれとしても、ここまで書いてくるに及んで――どう見ても狂っているのはやっぱり荷風以外の人間たちであって、荷風こそひとり正気であったことを、改めて驚嘆の念をもって、認めないわけにはゆかない。

あとがき

作家はだれでも同様だろうが、小説以外に、随筆雑文のたぐいを依頼されることがしばしばある。

これに対して非常に積極的に、いい随筆を書こうと意識する人もあるだろうが——だれであったか、随筆がうまくなければ一人前の作家とはいえない、というような文章を読んだおぼえもある——私の場合は完全に受身で、その場しのぎに、しょうことなしに書いたものが大半である。内容、テーマも、自由意志というより、雑誌社の注文によるものが半分以上を占めるだろう。

ほかの人の随筆を読むことは、特に最近は、小説を読むより好ましいのである。この「風眼抄」の中にもあるが、例えば長期入院などの事態が起ったら、漱石の「硝子戸の中」「思い出すことなど」などの随筆類を持ってゆくだろう、と考えているほどなのである。しかし、すぐれた随筆を書くためには、よほど微妙な感性と文章力が必要で、その点からして私自身は落第だ、という自覚がある。(もっとも、いわゆる随筆家の随筆は、あまりにも随筆家の随筆らしい匂いがあり過ぎて、感心すると同時にうとましく感じるとこ

ろがないでもない)

それで、このたぐいの雑文は、書くには書いたけれど、本にする気もなく、本になるとも思わなかった。それを本にするといわれて、私は驚いた。小説なら、商売上の厚顔が定着して、いかなる愚作でも平気で出してもらうけれど、随筆類は恥ずかしい。身も世もあらぬほど恥ずかしい。——それでも、とうとう本にしてもらう気になったのは、年がよって鈍感になり、図々《ずうずう》しくなったせい以外の何物でもない。

長い間のことで、とにかく書いたこの種の文章は、ここに収録されたものの数倍に上るだろう。その中のどれを採るか、これは一切編集の方に一任した。

で、結果を見ると、天然自然に、私の想い出、日常、感想、文学論(?)など、つまり、私という人間のすべてが、散乱したかたちながら、まんべんなく浮かび出すようになっている。天然自然にではなく、おそらく編集の方で、そうなるように配慮されたに相違ない。

特に私は、小説で自分自身のことを書くことがほとんどないので、中には、その平凡性を意外に思われる読者があるかも知れない。

しかし、たとえ受身で引受け、あまり神経を使わないで書いた文章だからこそ、かえって私という平凡な人間を、ありのまま放り出した結果となっている——と、いえるかも知れない。

そして、たとえば右にのべたような入院時など、決して自分の作品を携帯することはあり得ない、と考えていたが、ひょっとしたら、高名の作家の随筆に加えて、ザコのトトまじりに、自分のこの平凡な随筆を持ってゆくことになるかも知れない。他に対しては恥ずかしいが、自分の世界だけでは気疲れしない効用があるからである。

山田風太郎

編者解題

日下三蔵

本書『風眼抄』は、山田風太郎の初めてのエッセイ集である。一九七九年十月に六興出版から、やや小型のB6判ハードカバー単行本として刊行され、九〇年十一月に中公文庫に収録された。今回が二度目の文庫化ということになる。初刊本の「あとがき」は、中公文庫版にそのまま収録されており、本書でもそれを踏襲した。

昭和二十年の日記『戦中派不戦日記』、異色の戦争ノンフィクション『同日同刻』、人間の死に際の記録を集めた『人間臨終図巻』など、山田風太郎は小説以外の著作も奇抜な傑作ぞろいだが、各誌に発表した随筆をまとめたエッセイ集も、実に面白い。

生前に刊行されたエッセイ集五冊のうち、『風太郎の死ぬ話』(98年7月/角川春樹事務所/ランティエ叢書)は既刊本に収録されたエッセイやインタビューを抜粋、再編集したものだから、実質的には四冊分である。『半身棺桶』(91年10月/徳間書店)、『死言状』(93年11月/富士見書房)、『あと千回の晩飯』(97年4月/朝日新聞社)の三冊は、ほぼ小説の執筆を了《お》えた晩年に刊行されたもので、タイトルにも顕著なように、後の方にいくくにしたがって、死についての言及が多くなっていく。

七三年に連載を始めた『警視庁草紙』以降、『幻燈辻馬車』『地の果ての獄』『明治断頭台』と明治ものに力を入れていた時期に刊行された本書は、著者五十七歳の時の本であり、収録されているエッセイは、当然のことながらそれ以前に書かれたものであるから、特に死がクローズアップされているという印象はない。作家として脂の乗り切った時期の山田風太郎の素顔が見えるという点でも貴重だが、作者の人柄がにじみ出て、なんとも愉快な一冊となっているのだ。

山田風太郎は、私淑していた江戸川乱歩の「貼雑帖」に倣って、自身に関する記事やエッセイを「風眼帖」と題したスクラップブックに整理していた。もちろん乱歩ほど緻密《ちみつ》なものではなく、かなりの遺漏はあるものの、冊数は十数巻に及ぶからたいへんな分量である。本書や『半身棺桶』の刊行に当たっては、編集部にこの「風眼帖」を渡してセレクトを一任したようだ。「風眼帖」からの抄録だから『風眼抄』なのだろう。むろん山田風太郎のことだから、長谷川伸の遺稿集『私眼抄』などの先例も踏まえているものと思われる。

各篇の初出は、以下のとおり。

I

わが家は幻の中　「小説現代」79年4月号

旧友	「東京新聞」68年2月11日付
私のペンネーム	「婦人生活」74年6月号
私の処女作	「別冊文藝春秋」68年9月号
わが町・わが本	「日本読書新聞」72年10月
昭和六年の話	「オール讀物」75年2月号
暗い空の文字	「現代」76年2月号
ある古本屋	「日本近代文学館」78年3月号
自分用の年表	「ぶっくれっと」76年1月号
「警視庁草紙」について	「新刊ニュース」75年4月号
伝奇小説の曲芸	「波」76年8月号
酒中日記　旧師との再会	「小説現代」72年5月号

II

飲めば寝るゾ	「小説現代」76年6月号
明治人	「婦人公論」64年5月号
私のケチな部分	「小説現代」75年3月号
坐る権利	「現代」72年11月号

廃県置藩説　「文藝春秋」73年5月号
くせの話　「小説CLUB」75年8月号
人間ラスト・シーン　「現代」79年2月号
同名異人　「小説新潮」79年5月号
蟹と大根　「推理ストーリー」69年2月号
昔のものはほんとうにうまかったか　「日本の老舗」68年5月号
招かない訪問者　「推理」72年9月号
麻雀血涙帖　「文藝春秋」76年8月号（「人はなぜマージャンをするか」改題）
春愁糞尿譚　「オール読物」78年1月号
花のいのち　「推理ストーリー」67年3月号
日本駄作全集のすすめ　「問題小説」76年4月号
風山房風呂焚き唄　「推理文学」70年1月号
今は昔物語　「小説宝石」74年7月号

Ⅲ

なつかしの乱歩＝その臨床的人間解剖　「噂」71年9月号

十五年前	「推理小説研究」65年12月号
乱歩妖説	「推理界」67年10月号
追想三景	『江戸川乱歩全集　月報6』69年9月
熱狂させる本格	『横溝正史全集　月報』70年4月
大江戸ッ子	『角田喜久雄全集　月報』70年8月
大下先生	「推理界」68年9月号
幻物語	「推理文学」70年陽春号
変な初対面	「小説新潮」78年5月号
絶品「味覚極楽」	『子母澤寛全集　月報』73年6月
愛すべき悪漢「丹下左膳」	『林不忘全集　付録』70年5月
大魔力	『吉川英治全集　月報』68年10月
吉川文学雑感	「大衆文学研究」63年7月号
あげあしとり	「推理」72年8月号
漱石と「放心家組合」	「文藝春秋」71年2月号
漱石のサスペンス	「推理文学」73年1月号
律という女	『正岡子規全集　月報』76年1月
啄木記念館にて	「別冊文藝春秋」78年1月号

戦中の「断腸亭日乗」　　「早稲田文学」73年9号

全体が三部に分かれているが、第一部は著者自身の経歴や自作に関するもの、第二部には社会全般や身辺雑記に属するもの、第三部にはさまざまな作家・作品についてのエッセイが収められている。

「風山房風呂焚き唄」は、一九七五年に「小説推理」に連載された同じタイトルのエッセイとは別内容。「なつかしの乱歩＝その臨床的人間解剖」と「乱歩妖説」は一部を抜粋・改稿のうえ、角川文庫版『一寸法師』（73年6月）の解説「私の江戸川乱歩」に使用されている。こちらのバージョンは、筑摩書房から刊行した「山田風太郎エッセイ集成」シリーズの『わが推理小説零年』（07年7月）に収めておいたので、興味をお持ちの向きは読み比べていただきたい。

話が出たついでに脱線するが、この「山田風太郎エッセイ集成」は著者の未刊行エッセイを可能な限り蒐集《しゅうしゅう》したシリーズで、二〇〇七年から二〇一〇年にかけて五冊を編集したが、「全作品単行本未収録」を謳《うた》いながら、確認ミスで本書に入っている「昭和六年の話」を、第二集『昭和前期の青春』（07年10月）にも入れてしまった。この場を借りてお詫《わ》びする次第であります。

『横溝正史全集』の月報に掲載された「熱狂させる本格」は、「ますます御息災でいらっしゃることをお祈りするとともに、いまひとたび「世阿彌の花」のごとき本格探偵小説を翹望することは僕の夢であろうか」と結ばれているが、それからほどなく旧作が角川文庫に収められて国民的な横溝ブームが巻き起こるのは、皆さんご存知のとおり。引退同然だった横溝は、この大ブームを承けて『仮面舞踏会』『病院坂の首縊りの家』『悪霊島』といった本格長篇を次々と完成させている。

なお、希代の読み巧者でもあった星新一は、「奇想天外」に連載した書評エッセイ「きまぐれ読書メモ」で、本書に言及している。このエッセイは八一年六月に有楽出版社から刊行されたが、星新一の単行本には珍しく文庫化されておらず、容易に参照することができないので、『風眼抄』を評した個所をご紹介しておこう。「エッセイの書き方の見本」という星さんの意見には、本書を読まれたすべての方が賛同するのではないだろうか。

なにげなく読みはじめたら、たちまち引き込まれてしまった。48編のエッセイが収録されていて、とっつきやすくもある。

「私のケチな部分」など、代表的。山田さんは戦中派。残飯残パンのたぐい、ただ捨てるよりはと、庭にまく。雀がやってきて、ぞくぞくふえる。協力してエサを提供してくれる人も出る。庭にバカという字の形に並べておくと、雀たちがその形に並んで食べる。

それを二階から双眼鏡で眺めるのである。

「同名異人」というのも傑作。明治時代、自由民権運動に関係した魅力的な人物がいるが、どうにも作品にしにくい。名前が大島渚なのである。また、やはり壮士で、桜田百衛という男がいたそうだ。

最もすさまじく面白いのは「春愁糞尿譚」で、もう、なんともいえぬ。こんなユーモラスなエッセイ集を出す人がいるとは。SF作家もうかうかしていられないぞ。

山田さんは正直で勇気のある人である。講談社の古典的名作を集めた「大衆文学大系」という全集のリストを見て、自分がいかに読んでいないか、具体的に告白している。じつは私も、現在刊行中の、戦後の作品による新潮社現代文学全集のリストを見て、読んでなさにあきれていたところである。

作家というものは、たくさん読んでいればいいというものではない。どのように読むかである。いわゆる名作のいくつかについて、山田さんは実作者として、容赦ない批判を展開し、うなずかせるものがある。

楽しい本で、おすすめの品。もっとも、私が戦中派というせいもあるかもしれない。

エッセイの書き方の見本でもある。つまり、自己の失敗を書けるかどうかだ。学者や役人の随筆のつまらないのは、それができないからである。

本書は、平成二年十一月に刊行された『風眼抄』（中公文庫）を底本としました。
本文中には、隠亡、狂女など、今日の人権擁護の見地に照らして不当・不適切と思われる語句や表現がありますが、作品発表当時の時代的背景を考え合わせ、また著者が故人であるという事情に鑑み、底本のままとしました。

編集部

風眼抄《ふうがんしよう》

山田風太郎《やまだふうたろう》ベストコレクション

山田風太郎《やまだふうたろう》

平成22年 11月25日　初版発行
令和6年 5月15日　5版発行

発行者●山下直久

発行●株式会社KADOKAWA
〒102-8177　東京都千代田区富士見2-13-3
電話　0570-002-301(ナビダイヤル)

角川文庫 16550

印刷所●株式会社KADOKAWA
製本所●株式会社KADOKAWA

表紙画●和田三造

●お問い合わせ
https://www.kadokawa.co.jp/（「お問い合わせ」へお進みください）
※内容によっては、お答えできない場合があります。
※サポートは日本国内のみとさせていただきます。
※Japanese text only

ISBN978-4-04-135663-0　C0195

角川文庫発刊に際して

角　川　源　義

第二次世界大戦の敗北は、軍事力の敗北であった以上に、私たちの若い文化力の敗退であった。私たちの文化が戦争に対して如何に無力であり、単なるあだ花に過ぎなかったかを、私たちは身を以て体験し痛感した。西洋近代文化の摂取にとって、明治以後八十年の歳月は決して短かすぎたとは言えない。にもかかわらず、近代文化の伝統を確立し、自由な批判と柔軟な良識に富む文化層として自らを形成することに私たちは失敗して来た。そしてこれは、各層への文化の普及滲透を任務とする出版人の責任でもあった。

一九四五年以来、私たちは再び振出しに戻り、第一歩から踏み出すことを余儀なくされた。これは大きな不幸ではあるが、反面、これまでの混沌・未熟・歪曲の中にあった我が国の文化に秩序と確たる基礎を齎らすためには絶好の機会でもある。角川書店は、このような祖国の文化的危機にあたり、微力をも顧みず再建の礎石たるべき抱負と決意とをもって出発したが、ここに創立以来の念願を果すべく角川文庫を発刊する。これまで刊行されたあらゆる全集叢書文庫類の長所と短所とを検討し、古今東西の不朽の典籍を、良心的編集のもとに、廉価に、そして書架にふさわしい美本として、多くのひとびとに提供しようとする。しかし私たちは徒らに百科全書的な知識のジレッタントを作ることを目的とせず、あくまで祖国の文化に秩序と再建への道を示し、この文庫を角川書店の栄ある事業として、今後永久に継続発展せしめ、学芸と教養との殿堂として大成せんことを期したい。多くの読書子の愛情ある忠言と支持とによって、この希望と抱負とを完遂せしめられんことを願う。

一九四九年五月三日

角川文庫ベストセラー

山田風太郎ベストコレクション
甲賀忍法帖
山田風太郎

400年来の宿敵として対立してきた伊賀と甲賀の忍者たちが、秘術の限りを尽くして繰り広げる地獄絵巻。壮絶な死闘の果てに漂う哀しい慕情とは……風太郎忍法帖の記念碑的作品！

山田風太郎ベストコレクション
虚像淫楽
山田風太郎

性的倒錯の極致がミステリーとして昇華された初期短編の傑作「虚像淫楽」。「眼中の悪魔」とあわせて探偵作家クラブ賞を受賞した表題作を軸に、傑作ミステリ短編を集めた決定版。

山田風太郎ベストコレクション
警視庁草紙 (上)(下)
山田風太郎

初代警視総監川路利良を先頭に近代化を進める警視庁と、元江戸南町奉行たちとの知恵と力を駆使した対決。綺羅星のごとき明治の俊傑らが銀座の煉瓦街を駆けめぐる。風太郎明治小説の代表作。

山田風太郎ベストコレクション
天狗岬殺人事件
山田風太郎

あらゆる揺れるものに悪寒を催す「ブランコ恐怖症」である八郎。その強迫観念の裏にはある戦慄の事実が隠されていた……表題作を始め、初文庫化作品17篇を収めた珠玉の風太郎ミステリ傑作選！

山田風太郎ベストコレクション
太陽黒点
山田風太郎

〝誰カガ罰セラレネバナラヌ〟——ある死刑囚が残した言葉が波紋となり、静かな狂気を育んでゆく。戦争が生んだ突飛な殺意と完璧な殺人。戦争を経験した山田風太郎だからこそ書けた奇跡の傑作ミステリ！

角川文庫ベストセラー

角川文庫ベストセラー

山田風太郎ベストコレクション
風来忍法帖
山田風太郎

豊臣秀吉の小田原攻めに対し忍城を守るは美貌の麻也姫。彼女に惚れ込んだ七人の香具師が姫を裏切った風摩党を敵に死闘を挑む。機知と詐術で、圧倒的強敵に打ち勝つことは出来るのか。痛快奇抜な忍法帖！

山田風太郎ベストコレクション
あと千回の晩飯
山田風太郎

「いろいろな徴候から、晩飯を食うのもあと千回くらいなものだろうと思う」。飄々とした一文から始まり、老いること、生きること、死ぬことを独創的に、かつユーモラスにつづる。風太郎節全開のエッセイ集！

山田風太郎ベストコレクション
柳生忍法帖（上）（下）
山田風太郎

淫逆の魔王たる大名加藤明成を見限った家老堀主水は、明成の手下の会津七本槍に一族と女たちを江戸に連れ去られる。七本槍と戦う女達を陰ながら援護するは柳生十兵衛。忍法対幻法の闘いを描く忍法帖代表作！

山田風太郎ベストコレクション
妖異金瓶梅
山田風太郎

性欲絶倫の豪商・西門慶は8人の美女と2人の美童を侍らせ酒池肉林の日々を送っていた。彼の寵をめぐって妻と妾が激しく争う中、両足を切断された第七夫人の屍体が……超絶技巧の伝奇ミステリ！

山田風太郎ベストコレクション
明治断頭台
山田風太郎

役人の汚職を糾弾する役所の大巡察、香月経四郎と川路利良が遭遇する謎めいた事件の数々。解決の鍵を握るのは、フランス人美女エスメラルダの口寄せの力!?意外なコンビの活躍がクセになる異色の明治小説。

角川文庫ベストセラー

山田風太郎ベストコレクション
おんな牢秘抄
山田風太郎

小伝馬町の女牢に入ってきた風変わりな新入り、竜君お竜。彼女は女囚たちから身の上話を聞き出し始め……心ならずも犯罪に巻き込まれ、入牢した女囚たちの冤罪を晴らすお竜の活躍が痛快な時代小説！

山田風太郎ベストコレクション
くノ一忍法帖
山田風太郎

大坂城落城により天下を握ったはずの家康。だが、信濃忍法を駆使した5人のくノ一が秀頼の子を身ごもっていると知り、伊賀忍者を使って千姫の侍女に紛れたくノ一を葬ろうとする。妖艶凄絶な忍法帖。

山田風太郎ベストコレクション
人間臨終図巻 (上)(中)(下)
山田風太郎

英雄、武将、政治家、犯罪者、芸術家、文豪、芸能人など下は15歳から上は121歳まで、歴史上のあらゆる著名人の臨終の様子を蒐集した空前絶後のノンフィクション！　天下の奇書、ここに極まる！

忍法双頭の鷲
山田風太郎

将軍家綱の死去と同時に劇的な政変が起きた。それに伴い、公儀隠密の要職にあった伊賀組は解任。替って根来衆が登用された。主命を受けた根来忍者、秦漣四郎と吹矢城助は隠密として初仕事に勇躍するが……。

山田風太郎全仕事
編／角川書店編集部

忍法帖、明治もの、時代物、推理、エッセイ、日記。多彩な作風を誇った奇才・山田風太郎。その膨大な作品と仕事を一冊にまとめたファン必携のガイドブック。

角川文庫ベストセラー

戦国幻想曲　池波正太郎

〝汝は天下にきこえた大名に仕えよ〟との父の遺言を胸に、渡辺勘兵衛は槍術の腕を磨いた。戦国の世に「槍の勘兵衛」として知られながら、変転の生涯を送った一武将の夢と挫折を描く。

西郷隆盛　池波正太郎

近代日本の夜明けを告げる激動の時代、明治維新に偉大な役割を果たした西郷隆盛。その半世紀の足取りを克明に追った伝記小説であるとともに、西郷を通して描かれた幕末維新史としても読みごたえ十分の力作。

戦国と幕末　池波正太郎

戦国時代の最後を飾る数々の英雄、忠臣蔵で末代まで名を残した赤穂義士、男伊達を誇る幡随院長兵衛、そして幕末のアンチ・ヒーロー土方歳三、永倉新八など、ユニークな史観で転換期の男たちの生き方を描く。

忍者丹波大介　池波正太郎

関ヶ原の合戦で徳川方が勝利をおさめると、激変する時代の波のなかで、信義をモットーにしていた甲賀忍者のありかたも変質していく。丹波大介は甲賀を捨て一匹狼となり、黒い刃と闘うが……。

俠客（上）（下）　池波正太郎

江戸の人望を一身に集める長兵衛は、「町奴」として、つねに「旗本奴」との熾烈な争いの矢面に立っていた。そして、親友の旗本・水野十郎左衛門とも互いは心で通じながらも、対決を迫られることに――。